AF160999

Justin Lehmann-Koch

Dunkle Geschichten

Bibliografische Information der Deutschen Nationalbibliothek
Die Deutsche Nationalbibliothek verzeichnet diese Publikation in der Deutschen Nationalbibliografie; detaillierte bibliografische Daten sind im Internet über http://dnb.d-nb.de abrufbar.

Justin Lehmann-Koch

Dunkle Geschichten

© 2014 Justin Lehmann-Koch

Alle Rechte vorbehalten

Herstellung und Verlag: BoD – Books on Demand GmbH, Norderstedt

Umschlaggestaltung: Justin Lehmann-Koch

Coverbild Vordergrund: © lassedesignen – Fotolia.com

Hingergrundbild: © diter – Fotolia.com

ISBN: 978-3-7357-9479-6

INHALT

Der Leichenkeller

Der Ausgleich

Samson

Der Besuch

Frauenabend

Die Geburt

Die Küche

Der Kühlschrank

DER LEICHENKELLER

"Ja, Schätzchen, wir sehen uns heute Abend wieder", rief er noch aus dem Aufzug hinaus, als die metallenen Schiebetüren sich bereits aufeinander zu bewegten. Ihr Name war Sandra Hessel, eine junge Arzthelferin, mit der er sich für heute Abend zum Essen verabredet hatte. Wirklich ein hübsches Mädchen. Er war sich sicher, dass sie nicht abgeneigt sein würde, nach dem Essen noch mit zu ihm zu kommen. Schwärmerisch sah er ihr hinterher. Es war ihm gerade noch vergönnt, ihr liebreizendes Zuzwinkern zu erheischen, dann schloss sich der Fahrstuhl, holte ihn auf den Boden der Tatsachen zurück und setzte sich für den Weg nach unten in Bewegung.

Es war Montagmorgen, der beste Tag, um übler Laune zu sein, doch irgendwie hatte er es geschafft, seine Wohlgestimmtheit über das Wochenende hinaus zu behalten. Ein Akt, der ihm nur selten gelang. Wahrscheinlich war es die nette Krankenschwester, die ihm das Leben heute um einiges versüßt hatte. Endlich hatte er mal die Aussicht auf einen gemütlichen Abend zu zweit. Er hasste das Alleinsein, besonders dort, wo ihn dieser Metallkasten jetzt hinbrachte.

Der Aufzug knirschte bedrohlich, als hätte er die verwerflichen Gedanken seines Insassen vernommen. Mark zuckte zusammen. Wie oft hatte er dieses abscheuliche Geräusch schon gehört? Er vermochte es nicht zu sagen, noch nicht einmal grob schätzen konnte er es. Dennoch war es jedes Mal das Gleiche, wenn er das Knirschen hörte. Eigentlich hätte er nach all den Jahren, die er nun schon hier arbeitete, ein Gespür dafür haben müssen, an welcher Stelle der Aufzug grundsätzlich zu meckern anfing, wie er es immer nannte. Aber es wunderte ihn nicht sonderlich, dass er dieses Gespür nicht hatte, denn schließlich hatte er sich auch nicht an seine Arbeit hier unten gewöhnen können. Er war eben ein gebranntes Kind.

Schon in jungen Jahren hatte er immer panische Angst davor gehabt, sich in engen Räumen zu befinden. Es war ihm schier unmöglich gewesen, in einen Aufzug einzusteigen, ohne gleich die haarsträubendsten Phantasien zu haben. Anfangs hatte er lediglich gedacht, der jeweilige Lift könne abstürzen und er würde mitsamt dem Gehäuse in unendliche Tiefen gerissen. Das waren wahrscheinlich ganz normale Gedanken eines Kindes, dem eingebläut worden ist, dass es, wenn es nicht artig sei, in die dunkle Kammer käme. Doch im

Laufe der Zeit waren diese Wahnvorstellungen immer schlimmer geworden, bis er schließlich einen Psychiater hatte aufsuchen müssen, der ihm Tabletten gegen seine Trugbilder verschrieben hatte. Allerdings war ein Teil von dem, was er sich als Kind immer ausgemalt hatte, noch bis heute geblieben. Ein Teil, der sich mit aller Gewalt dagegen sträubte, ausgelöscht zu werden. Ein Teil, der die Angst vor der dunklen Kammer verkörperte, die sich im Geiste eines jeden Menschen befand.

Im Hause seiner Eltern hatte sich die dunkle Kammer im Keller befunden, ein Terrain, das ihm nie ganz geheuer gewesen war. Mark konnte sich noch genau an das Gefühl erinnern, dass ihn mit dieser eigentümlichen, unvorhergesehenen Wucht überfallen hatte, als er von seiner Mutter zum ersten Mal in die Kammer gesperrt worden war. Es war ein entsetzliches Gefühl gewesen. So, als sei auf einmal kein Sauerstoff zum Atmen mehr vorhanden, als würden eiskalte Finger den Rücken hinauf fahren, den Nacken zärtlich und sanft umspielen, um schließlich mit brutaler Kraft die Kehle umgreifen und zuzudrücken.

Eine plötzliche Hitze breitete sich in seinem Gesicht aus, was ein zuverlässiger Indikator dafür war, dass er emotional ziemlich erregt war. Allein die Vorstellung, dass er jemals wieder in eine solche Situation gelangen könnte, in der er völlig seiner Bewegungsfreiheit beraubt wäre, auf perverse Art in einer unerträglichen Passivität gefesselt, raubte ihm den letzten Nerv.

Der Aufzug kam mit einer abrupten Bewegung zum Stillstand. Kalter Schweiß trat auf seine Stirne. Er war gefangen. Der Aufzug war steckengeblieben. Mit unglaublicher Anstrengung rang er nach Luft, die viel zu dünn war. Er musste um Hilfe rufen.

Mit einem Male war er um etliche Jahre in seine Vergangenheit zurückversetzt worden. Er war nun nicht mehr Doktor Mark Decker, er war jetzt wieder der kleine Mark, der sich in der dunklen Kammer befand, weil er böse gewesen war. Es war seine Strafe, er hatte sie verdient. Aber dennoch war es immer noch eine viel zu harte Strafe.

Erdrückende Dunkelheit um ihn herum. Er versuchte zu schreien. Kein Laut drang aus seiner Kehle heraus. Niemand war in seiner Nähe, der ihm hätte helfen können. Nur er und die Dunkelheit des finsteren Wandschrankes. Jener Wandschrank, der seiner Mutter als Bestrafungsmittel für kleine, böse Jungs diente. Die dunkle Kammer.

Voller Panik merkte er, wie sein Herzschlag beschleunigte, als sein Verstand ihm vorgaukelte, dass nicht mehr genug Luft zum Atmen vorhanden sei. Er würde ersticken müssen. Allein in dieser abscheulichen Dunkelheit. Allein mit den unzähligen Monstern, die sich hier verstecken mochten - hinterhältig lauernd, immer bereit ihn anzugreifen. Sie wollten seine Seele. Sie wollten ihn für alle Ewigkeit. Er würde für immer in dieser Dunkelheit wohnen müssen, würde nie wieder Tageslicht erblicken können, in ständiger Angst, ihn könnte aus der Finsternis etwas angreifen.

Plötzlich erfüllte ein seltsames Geräusch den Wandschrank. Ein Geräusch, das eigentlich gar nicht hier hergehörte. Fast hätte er es in seiner ohnmächtigen Angst nicht wahrgenommen, doch jetzt vernahm er es überdeutlich. Es war etwas Schiebendes, doch so sehr er seine Augen auch anstrengte, so sehr er sie auch aufriss, es war ihm nicht möglich, die Ursache des Geräusches auszumachen. In seinem Inneren war er auch ein bisschen froh darüber. Er würde die Gestalt nicht vor Augen haben, die ihm noch zusätzlich die Luft abdrücken wollte. Er würde nicht sehen, wie sich die alte, verfaulte Leiche Stück für Stück zu ihm hinüber schob. Er würde sterben und es einfach so hinnehmen müssen.

Gleißendes Licht traf in sein Gesicht, das von einem dünnen Schweißfilm überzogen war. Die Aufzugtüren hatten sich beiseitegeschoben und vor ihm lag ein langer, grüner Korridor. Er war nicht in der dunklen Kammer gewesen, und er war auch kein kleiner Junge mehr. Er war Doktor Decker, der nun seinen Pflichten nachzukommen hatte - schließlich war es Montagmorgen und es gab einiges zu tun. Etwas schwankend trat er aus dem Lift heraus und blieb auf dem grünen Linoleum stehen. Langsam wand er sich wieder dem Inneren des Fahrstuhles zu.

Was war denn eigentlich heute mit ihm los? Weshalb hatte er sich in solch einen Panikanfall zurückversetzen lassen? Jetzt, da die letzten Reste des puren Entsetzens von ihm wichen, stellte sich die Verwunderung über seinen albernen Ausbruch ein. Er hatte sich genauso gefühlt, wie er sich als kleiner Junge immer gefühlt hatte, wenn er irgendwo eingesperrt gewesen war. Kein Zweifel, es handelte sich hier um einen akuten Rückfall in seine Kindheitsparanoia, wie er es immer nannte. Konnte das aber wirklich zutreffend sein? Sicher, er hielt sich immer noch ungern in engen Räumen auf, allerdings hatte er mit der Zeit gelernt, seine Angst zu kontrollieren und auf ein Minimum herunterzuschrauben. Seit diesem Punkt war er immer in der Lage gewesen, sich in solchen Situationen zu beherrschen und nicht seinen Gefühlen freien Lauf zu lassen. Was ihm aber gerade in diesem kleinen Metallkasten geschehen war, sprach eine ganz andere Sprache. Es war so realistisch gewesen. Er hatte wirklich geglaubt, er befände sich wieder in der von ihm so verabscheuten dunklen Kammer. Aber das war geradezu absurd. Wahrscheinlich handelte es sich hierbei nur um eine harmlose Sinnestäuschung.

Der Aufzug vor ihm stand immer noch offen. Sein Innenleben sah steril aus, was einen kalten und freudlosen Eindruck im Kopf des Betrachters hinterließ. Der Boden war mit dem gleichen grünen Linoleum ausgelegt, das auch mit dem Flur, auf dem er sich nun befand, bedacht worden war. Die Wände waren mit einfach strukturierten Metallplatten verkleidet und unter der Decke war eine Neonröhre angebracht, die ein unangenehm hartes Licht verströmte. In all den Jahren hatte er weder Zeit noch Grund gehabt, sich diese Beförderungsmaschine näher anzusehen. Es war doch interessant, wie blind man manchmal durch die Welt ging. Bis auf den Hausmeister und dem Reinigungstrupp der Stadt war er der Einzige, der dieses Gefährt benutzte. Es wäre ihm ein Leichtes gewesen, das verdammte Ding so umzugestalten, dass es nicht mehr ganz so zweckmäßig aussah. Vielleicht hätte er dann auch immer bessere Laune, wenn er hierher kam.

Ein leichter Schauer überfuhr seinen Rücken und er spürte, wie sich dort eine Gänsehaut bildete. Was spann er sich da eigentlich zusammen? Jetzt dachte er schon über die Umgestaltung eines dämlichen Aufzuges nach. Vielleicht hatte ihm das kleine Gespräch mit seiner Angebeteten heute Morgen doch nicht so gut getan. Wie dem auch sei, sagte er sich, ich werde mich von nun an etwas zusammenreißen müssen, meine Arbeit machen und mich dann zu Hause ausruhen, vielleicht bin ich nur etwas überreizt.

Er wollte sich gerade umdrehen, als die Fahrstuhltüren mit einem geräuschvollen Zischen aufeinander zu glitten. Nervös verharrte er in seiner Bewegung. Es waren nur die Schiebetüren gewesen. Doch seine Beine fühlten sich wie weiches Wachs an, nicht mehr in der Lage, das ihnen auferlegte Gewicht noch länger zu tragen. Die Tür hatte sich geschlossen, das war alles, Herr Doktor, es war nur die Türe.

Ein zaghaftes Lächeln zog sich über sein Gesicht. Es war wirklich zu lächerlich. Das durfte er niemandem erzählen. Doktor der Medizin, praktizierender Leichenbeschauer, gerade er als Obduktionsleiter ließ sich an seinem vertrautem Arbeitsplatz von einem Aufzug irritieren, um nicht zu sagen, ängstigen.

Fassungslos über sich selbst und seine unangemessene Reaktion angesichts dieses Geschehnisses drehte er sich um und schritt langsam den Gang hinab. Ein ungläubiges Lachen drang ihm aus der Kehle und hallte ihm voraus. Sein neu gewonnenes Grinsen verschwand aber schnell wieder von seinem Gesicht und machte einer Mine Platz, die Bedrängung widerspiegelte.

Ja, er war Arzt in einer angesehenen Klinik und sein Arbeitsplatz waren der Leichenkeller und der Obduktionssaal. Von einem erschreckend beklemmenden Gefühl geplagt setzte er seinen Weg nicht mehr all zu zielstrebig fort. Am Ende des langen Flurs befand sich eine Glastüre, deren Scheiben so milchig waren, dass man nicht in den Raum einsehen konnte, den sie verbargen. Etwa in Augenhöhe waren schwarze Buchstaben angebracht, die, wenn man sie aneinandergereiht las, die Bezeichnung OBDUKTION ergaben.

Seine Schritte verlangsamten sich zunehmend, je näher er dieser Türe kam. Wie oft war er schon durch sie hindurchgegangen, um seine Arbeit in Angriff zu nehmen? Er hatte sich nie wirklich Gedanken über das alles hier gemacht. Unzählige Tage war er einfach seinem Job nachgegangen, ohne sich überhaupt richtig bewusst zu sein, was er überhaupt tat. Schließlich stand er. Seine Füße hatten sich unbewusst geweigert, ihn weiter voranzutragen. Ausgerechnet heute musste er auch diese dämlichen Überlegungen anstellen, als wenn es für so etwas genügend Zeit gäbe. Er wollte doch mit seiner Arbeit schnell fertig werden. Vielleicht könnte er seine Arbeitsstelle auch schon vor dem eigentlichen Dienstschluss verlassen. Dann müsste er jetzt aber auch beginnen. Doch die Gedanken, die ihn nun einmal befallen hatten, ließen sich nicht so leicht wieder abschütteln. Sie hatten sich in seinen Kopf festgebissen, wie eine hungrige Hyäne, die sich in ein Stück Aas verbeißt.

Die schwarze Schrift auf der milchweißen Glastüre drängte sich ihm auf. Er stand etwa zwanzig Meter von ihr entfernt in der Mitte des Ganges. Hatte er sich wirklich nie Gedanken darüber gemacht, was er hier eigentlich für eine Arbeit verrichtete? Hatte er sich vielleicht keine Gedanken darüber machen wollen? Vielleicht fürchtete er sich, der Wahrheit ins Gesicht zu sehen. Er wollte sich vielleicht nicht eingestehen, dass er als Arzt kläglich versagt hatte und nun dort arbeitete, wo ein vernünftiger Mensch nie hinkommen wollte - zumindest nicht lebendig. War das der Schlüssel? War er nicht vernünftig - nicht normal? Welcher Mensch nahm schon eine Stelle an, bei der er alleine im Keller eines Krankenhauses arbeiten musste, umgeben von Leichen?

Er befand sich hier im dritten Kellergeschoss. Das war vielleicht acht oder neun Meter unter der Erde. Er war hier begraben - mit einer Vielzahl von Leichen. Schaudernd sah er auf die Stahltüren, welche die Flächen der grünen Wände unterbrachen. Es waren sechs Stück an jeder Seite. Die ersten Türen des Flurs, die sich bei dem Aufzug befanden, enthielten lediglich Gerümpel aus den oberen Ebenen des Spitals. Gut und gerne fünf Kammern vollgepackt mit altem Krankenhausbedarf, das zu schade war, um es einfach wegzuwerfen, aber auch zu wertlos, um es zu verkaufen oder weiterhin zu verwenden. Dann folgten drei Türen, hinter denen sich völlig leerstehende Räume befanden - wahrscheinlich bis unter die Decke verstaubt. Die letzten Türen, die dem Obduktionssaal am nächsten lagen, verbargen zwei große Lagerhallen, in denen sich die Leichenschränke befanden. Das war die Aufbewahrungsstätte der leblosen Körper, die hier so lange deponiert wurden, bis sie endlich unter die Erde durften. Eine nicht ganz angenehme Sache, dachte sich Decker, er wollte bei Leibe nicht in ein Krankenhaus, unter dem sich neben den Obduktionsräumen noch ein Leichenkeller befand. Natürlich waren sämtliche Befürchtungen, welche die Leichen hier unten betrafen, gänzlich unbegründet. Aber dennoch war es kein angenehmer Gedanke, wobei es keinen Unterschied machte, ob man nun Patient war und sich einige Meter über den leblosen, gekühlten Körpern befand, oder ob man nun Mark Decker hieß und sich den ganzen Arbeitstag in ihrer Nähe aufhielt.

Er schüttelte gerade die Vorstellung ab, dass er hier unten doch nicht sicher war, und dass vielleicht nicht alle Körper in den Leichenschränken tot waren, als er langsam wieder aus seiner Gedankenwelt auftauchte. Seine Augen waren die ganze Zeit über geschlossen gewesen, als sei er in einen kurzen Schlaf gefallen. Er öffnete sie und musste plötzlich feststellen, dass er nichts als weiß sah. Weiß mit schwarzen Schlieren am Rande des Sichtfeldes. Und plötzlich begriff er, was dieses verschwommene Weiß vor seinen Augen zu bedeuten hatte und er nahm die Kälte an seiner Nase war, die von der Glasscheibe ausgesandt wurde. Er stand unmittelbar der Türe gegenüber. So dicht, dass seine Nasenspitze das milchige Glas berührte und er die Buchstaben lediglich als schwarze, verschwommene Teilflecke wahrnahm, die nahtlos in das Milchweiß der Scheibe übergingen. Mit einem Mal war ihm, als würde sich die Kälte des Glases auf seinen gesamten Körper ausbreiten.

Erschrocken sprang er von dem Eingang zur Obduktion zurück. Die Buchstaben schienen ihm zuzuzwinkern. OBDUKTION. Soweit er sich daran erinnern konnte, hatte er sich doch gerade noch in der Mitte des Ganges befunden. Er hatte seine Schritte verlangsamt, bis er schließlich gestanden hatte, doch er konnte sich nicht mehr daran erinnern, dass er auch die Augen geschlossen hatte. Wie war es überhaupt möglich, dass er so plötzlich dermaßen in seine Gedankenwelt versinken konnte, dass er gar nicht mehr imstande war, überhaupt nachzuvollziehen, was er tat. Oder was mit ihm getan wurde?

Decker schüttelte den Kopf. Nein, das war absurd, er war selbst hier hingegangen. Er musste wohl so gedankenverloren gewesen sein, dass er es gar nicht bemerkt hatte, wie sich seine Füße langsam aber sicher der Türe näherten. Wahrscheinlich hatte sein Unbewusstsein gegen seine Tagträumerei rebelliert und ihn dazu gezwungen, seiner Tätigkeit jetzt endlich entgegenzugehen, schließlich war er ein pflichtbewusster Mann.

Diese Erklärung, die er sich selbst gab, schien ihm plausibel und versetzte ihm gleichzeitig einen Stoß. Pflichtbewusst, das war es gewesen. Er lungerte hier schon viel zu lange herum und zermarterte sich über die haarsträubendsten Geschichten den Kopf, dabei hätte er schon längst seine heutige Arbeit aufnehmen müssen. Entschlossen trat er auf die Türe zu, legte seine Hand an den Griff und schob sie auf.

Der Saal war bereits beleuchtet und Decker sah sofort, dass man ihm seine Arbeit schon bereitgestellt hatte. In der Mitte des Raumes befand sich ein Tisch, über dem eine große Leuchte angebracht worden war. Ein weißes Leinentuch war über den Tisch gelegt worden, auf dem sich die Konturen des darunter liegenden Leichnams abzeichneten. Man hatte ihm gesagt, die Leiche hätte einen Kopfschuss erlitten und man sei sich nicht sicher, ob es Tod durch Fremdeinfluss oder Selbstmord sei. Eigentlich gingen ihn die Tragödien, die sich in den Toten verbargen, die zu ihm gebracht wurden, nichts an, doch ab und zu bekam er schon etwas mit - so wie heute. Aber im Großen und Ganzen hatte er nie eine genaue Vorstellung von dem, was die Polizei mit den Ergebnissen anfing, die er für sie herauszufinden hatte.

Völlig routiniert begab er sich an seinen Obduktionstisch. An der Stelle, an welcher der Kopf des Toten liegen musste, war dunkles Blut durch den weißen Stoff gedrungen. Es handelte sich um einen jungen Studenten, der nach Angaben seiner Kommilitonen aus den oberen Etagen, in der Nähe seiner Studentenwohnung aufgefunden worden war. Er hatte wohl einen Revolver in der Hand gehabt, mit dem auch geschossen worden sei, doch es gab weder Anzeichen dafür, dass sich der Junge selbst umgebracht hatte, noch solche, die darauf hinwiesen, dass er ermordet worden war. Jetzt sollte Decker zum Zuge kommen und der Kugel herausfinden, in welchem Winkel das Geschoss eingetreten war.

Geschäftig suchte sich Decker sein Besteck zusammen, das er für die Bergungsarbeiten des Geschosses benötigen würde, und legte alles sorgfältig auf einen kleinen Rolltisch. Die Vorfälle aus dem Aufzug und dem Flur waren in weite Ferne gerückt. Er hatte gelernt, solche Ereignisse, wie sie ihn in seiner Kindheit immer bedroht hatten, geschickt zu verdrängen und in die tiefen Abgründe seines Gedankenapparates zu verbannen. Nichts konnte ihn nun mehr von seiner Arbeit abhalten, da war er sich sicher.

Pfeifend kehrte er mit seinem Tischlein in die Mitte des Saales zurück und richtete sich am Kopfende des Leichnams auf. Jetzt wollte er sich das Unglück doch mal ansehen. Schwungvoll zog er das Laken zurück, das den Anblick des Toten verhüllt hatte und erstarrte.

Der Kopf des jungen Mannes war leichenblass und sein braunes Haar hing ihm blutverschmiert ins Gesicht. An der rechten Schädelseite befand sich das Einschussloch. Knochensplitter waren in den verklebten Haaren zu erkennen. Dunkles, bereits vertrocknetes Blut bildete zwei Rinnsale, die sich ihren Weg aus dem zerstörten Hirn durch die Nasengänge ins Freie gebahnt hatten und jetzt für ein noch groteskeres Aussehen sorgten. Der Kiefer hing schlaff nach unten, so dass der Mund offen stand, als sei er zum Schreien geöffnet worden. Die blutunterlaufenen, toten Augen blickten stumpf in das grelle Licht.

Kein schöner Anblick, doch das war für Decker nichts Neues, sondern Alltag. Was ihm den Atem nahm, war die Tatsache, dass er die Person kannte, oder gekannt hatte, denn sie war schon etliche Jahre vor ihrem Tod gestorben. Entsetzt ließ er das Leinentuch, das er bis jetzt noch festgehalten hatte, aus seiner Hand gleiten und wich einige Schritte zurück.

Das konnte doch nicht wahr sein, oder? Die Leiche, die hier vor ihm lag, war Ralf Sangert, sein ehemaliger Mitschüler und Mitbewohner seiner Wohnung im Studentenwohnheim. Sie waren jahrelang gute Freunde gewesen, hatten immer viel Spaß gehabt und hätten auch beide einen verdammt guten Abschluss gemacht, wenn nicht irgend so ein Irrer mit seiner Knarre aufgetaucht wäre und alles kaputtgemacht hätte. Ralf war vor sechzehn Jahren an einem Kopfschuss gestorben. Decker hatte nie in Erfahrung bringen können, weshalb die Dinge so gelaufen waren, doch er war für sich immer der Überzeugung gewesen, dass sein Kumpel sich nie etwas zu Schulden hätte kommen lassen, das eine solche Reaktion eines anderen hätte erklären können.

Es war eine schreckliche Zeit gewesen. Doch es hatte ihn nicht allzu sehr belastet, denn seine Gabe, einfach alles zu verdrängen, was ihm schmerzlich war, gab ihm einen Großteil seines früheren Lebens zurück, und er konnte sein Studium beenden. Es war vielleicht nicht so gut, wie es hätte sein können, wenn Ralf nicht erschossen worden wäre, aber das spielte jetzt im Nachhinein keine Rolle mehr. Was ihn jetzt viel mehr beschäftigte, war die Tatsache, dass sein toter Schulfreund hier vor ihm auf dem Tisch lag und darauf wartete, von ihm obduziert zu werden. Aber wozu sollte er die Kugel denn noch herausholen? Er wusste doch, dass Ralf sich nicht selbst erschossen hatte, und alle anderen wussten das doch auch. Schon seit sechzehn Jahren wussten sie das. Er wurde ermordet. Kaltblütig hingerichtet.

Er merkte, wie sein Herz begann, immer schneller zu schlagen. Panik stieg in ihm auf. Wie konnte eine seit sechzehn Jahren tote Leiche auf seinen Arbeitstisch gelangen? Wie war es möglich, dass eine sechzehn Jahre alte Leiche …

Sein Atem setzte aus, er rang nach Luft. Alles wurde schwarz um ihn herum. Er drohte ohnmächtig zu werden. Wahnsinnige Gedanken fuhren ihm durch den Kopf wie große, lärmende Güterzüge. Es war so laut, dass er sich selbst nunmehr kaum verstehen konnte. Doch er wollte dagegen ankämpfen. Gegen alles. Dann gewann er schließlich die Herrschaft über sich wieder zurück.

Es war nicht Ralf Sangert. Er konnte es einfach nicht sein. Die Leiche des Studenten, der vor ihm lag, sah seinem ermordeten Freund zwar zum Verwechseln ähnlich, doch es war einfach unmöglich, dass eine Leiche nach sechzehn Jahren noch so gut aussah. Decker musste über seine Wortwahl schmunzeln, denn diese Leiche sah bei Gott nicht gut aus, und diese Tatsache wiederum sorgte dann auch dafür, dass sein zaghaftes Grinsen genauso schnell verschwand, wie es aufgetreten war. Er hatte sich nun wieder vollkommen unter Kontrolle. Es war einfach ein Trugbild, ein Blendwerk gewesen, das ihm sein Gehirn gezeigt hatte. Doch die Ähnlichkeit des Erschossenen mit dem damaligen Aussehen seines besten Kumpels war verblüffend - man konnte sagen perfekt.

Forschend trat er wieder an den Tisch heran, um sich den Toten noch mal genauer anzusehen. Es musste einfach ein Merkmal geben, dass seiner horrenden Phantasie, es könne sich bei dieser Leiche um seinen längst verstorbenen Freund Ralf handeln, widersprach. Irgendein kleines Zeichen, ein Muttermal vielleicht, das ihm völlige Sicherheit gab. Doch auf den ersten Blick fand er nichts, und die augenscheinliche Gleichheit der beiden Verstorbenen gab ihm weiterhin ein bedrohliches Gefühl.

Langsam aber entschlossen zog er sich Gummihandschuhe über die Hände. Er war bereit, da er auf Anhieb keinen Unterschied sah, einen solchen zu suchen – er musste einen finden.

Die tote Haut fühlte sich durch das dünne Material der Handschuhe kalt an. Eine Gänsehaut zog sich über seine Arme hinauf bis zu den Schultern und lief schließlich eiskalt über seinen Rücken hinab. Das durfte nicht wahr sein. Was tat er hier? Er hätte mit seiner Arbeit an dieser Leiche schon längst fertig sein können. Nein, anstatt dessen stellte er hier schwachsinnige Nachforschungen darüber an, ob diese Leiche denn auch tatsächlich die war, für die sie ausgegeben wurde.

Zweifelnd blickte er noch einmal den Kopf des Toten an. Die vom Tode verblichenen Augen starrten ausdruckslos zurück. Das Gesicht, es war dasselbe, das er vor Jahren gesehen hatte, als man ihm ein Foto von Ralfs Leiche gezeigt hatte. Es konnte allerdings nicht sein, das war ihm klar. War ihm das klar? Einen Moment lang überlegte er. Es musste eine Täuschung sein, sein Verstand spielte ihm einen Streich. Es war einfach unmöglich, dass er nach all den Jahren noch sagen konnte, dass Ralf haargenau so ausgesehen hatte. Ein unglücklicher Zufall, mehr nicht, und er projizierte nun lediglich seine Vorstellungen auf das Äußere dieses Körpers, das war alles. Doch als er nochmals sein Augenmerk auf den Erschossenen richtete, verschwand diese Annahme wieder. Dieser Körper gehörte eindeutig Ralf Sangert, niemandem anderes.

Zitternd betastete er die blutleeren Lippen. Kalter Schweiß trat auf seine Stirn, als er sie mit seinen Fingern voneinander trennte und über die Zähne fühlte. Das Gummi des Handschuhs glitt über eine kleine Erhöhung und mit einem Male sah Decker das Grinsen seines Schulfreundes vor seinen Augen. Das Grinsen, das immer eine Reihe von schiefen Zähnen zum Vorschein gebracht hatte und dadurch Ralfs Gesicht einen witzigen, bubenhaften Ausdruck verliehen hatte. Diese Zähne fanden sich jetzt im Mund des Toten. Das war der Beweis, es handelte sich hier um seinen toten Freund.

Erneut versuchte eine Welle der Angst, ihn zu packen und an einen unbestimmten Ort zu spülen. Doch er kämpfte erfolgreich dagegen an. Die Theorie, dass es sich bei dieser Sache um eine Verschwörung handele, hielt ihn gefangen und sorgte dafür, dass sich sein Herzschlag wieder normalisierte. Das war es. Eine Verschwörung gegen ihn, jemand wollte ihn in den Wahnsinn treiben. Vermutlich ein paar dieser hochtrabenden Ärzte, welche die Abschaffung des Leichenkellers gefordert hatten, da dieser bei den Patienten für Unbehagen sorge. Man wollte aber nicht nur die Toten loswerden, sondern ihn auch. Er sollte als hysterischer Leichenbeschauer in die Klapsmühle wandern, damit die Obduktion endlich stillgelegt werden könne. Oder vielleicht wollte man einfach ...

"Doktor Decker?"

Ja, man wollte ihn wahnsinnig machen, damit man ihn anschließend besser erpressen konnte. Sie wollten sein Geld ...

"Doktor Decker, geht es Ihnen nicht gut?"

Geld war immer ein Motiv – für alles. Selbst für eine so mysteriöse Verschwörung wie diese. Wenn er erst einmal anfing, hier unten Amok zu laufen, dann würde es ein Leichtes sein, ihn dazu zu bringen eine Menge Geld abzuzweigen, nur damit dieser Spuk hier aufhörte. Und wenn er es genau überdachte, so wäre er schon jetzt dazu bereit ...

"Mark! Was ist los?"

Die Stimme, die ihm da zurief, hörte sich leicht hysterisch an. Es war die Stimme seiner Mutter, die ihn in den Keller schleifte, weil er wieder etwas ausgefressen hatte. Seine Mutter hatte ihn dabei immer angeschrien, als hätte sie den Verstand verloren.

"Wenn du jetzt nicht sofort damit aufhörst ..."

Sie hatte ihm gedroht, noch schlimmere Strafen anzuwenden, als ihn einfach nur in den dunklen Schrank zu sperren. Er hatte sich als Kind immer gefragt, weshalb seine Mutter so schrie, während sie ihn in die dunkle Kammer brachte, schließlich war sie ja von dem Urteil unbehelligt, er musste ja die Strafe auf sich nehmen. Aber seine Mutter hatte immer geschrien, bis ihre Stimme in diesen unverkennbar hysterischen Tonfall gerutscht war. Das war immer ein sicherer Indikator dafür gewesen, dass die Frau, die ihn bestrafen wollte, sich nicht mehr unter Kontrolle hatte.

"Mark!", schrie die Stimme wieder. Gefahr lag in der Luft. Gefahr und ein übler, metallischer Geruch. Seine Hand hob sich fast automatisch über seinen Kopf und sauste hinab, bis sie auf einen weichlichen Widerstand aufprallte. Krampfhaft hielten seine Finger ein dünnes, längliches Metallstück umklammert. Es roch nach altem Blut.

Erschrocken hielt er inne. Seine Hand fühlte sich feucht an. Langsam und ängstlich öffnete er seine Augen. Vor ihm lag Ralf Sangert. Der Brustkorb war völlig zerstochen und das dunkle Leichenblut, das aus den Wunden ausgetreten war, überdeckte die weiße, leblose Haut des Körpers, die von den Hieben verschont geblieben war. Fassungslos löste er seinen Griff, der das Skalpell geführt hatte. Das scharfe Instrument stak im rechten Auge seines früheren Freundes. Eine gallertartige Flüssigkeit bahnte sich in zähem Lauf einen Weg auf den Obduktionstisch. Es schien als würde das andere Auge ihn vorwurfsvoll anstarren. Was hatte er getan?

"Na, bist du zufrieden mit Deinem Ergebnis?", fragte die Stimme gehässig. Erschrocken blickte er auf. Er sah direkt in das verlebte Gesicht seiner Mutter, die sich hämisch grinsend über den Toten zu ihm hinüber gebeugt hatte.

"Ich hoffe es hat dir ein wenig Spaß gemacht, in der Leiche deines alten Schulfreundes herumzustochern, denn wenn das nicht der Fall ist, wirst du diesen Job völlig umsonst verlieren – wenn du verstehst, was ich meine, Liebling." Seine Mutter lachte schallend auf, so dass es Decker durch Mark und Bein fuhr. Wie kam seine Mutter hierher? Sie konnte gar nicht hier sein, sie war tot. Aber wenn Ralf hier war, weshalb nicht auch seine Mutter?

"Du musst das verstehen, Mama, ich wollte ..."

"Was soll es hierbei noch zu verstehen geben, Mark? Was machst du überhaupt die ganze Zeit hier?"

"Ich wollte nur überprüfen, ob es sich bei der Leiche nicht um jemanden handelt, den ich kenne, und da habe ich wohl ..."

"... eine ziemlich merkwürdige Methode angewandt."

Die Stimme hatte sich gewandelt. Es war nun nicht länger die hysterische, hinterhältige Stimme seiner Mutter, sondern eine liebliche, ja fast verständnisvolle Stimme. Beschämt blickte er auf und war kaum überrascht, als er die Gastalt Sandra Hessels vor sich sah, die ihn mit besorgter Miene ansah.

Erleichterung breitete sich in ihm aus. Seine Mutter war nie hier gewesen. Sein strapaziertes Gehirn hatte ihm wieder etwas vorgegaukelt. Vor ihm stand die junge Arzthelferin. Er schämte sich.

"Ich werde es niemandem erzählen, Mark", verkündete Sandra mit einem einfühlsamen Tonfall, "Aber ich möchte, dass du dich untersuchen lässt."

Ihre Augen betrachteten ihn mitfühlend, als sie eine Plastiktüte aufhob, die sie anscheinend vorher fallengelassen hatte.

Sie wollte also, dass er sich zu einem Psychiater begab und sich auf seine Zurechnungsfähigkeit hin untersuchen ließ. Es hatte sich so angehört, als sei es ein ganz normaler Vorschlag gewesen, doch hatte nicht auch ein kaum wahrzunehmender, drohender Unterton in ihrer Stimme mitgeschwungen? War ihr Vorschlag nicht am Ende gar eine Erpressung? Natürlich, sie hatten ihn jetzt da, wo sie ihn haben wollten. Er hatte die Kontrolle über sich verloren und kopflos auf eine Leiche eingestochen. Es war nun ein Kinderspiel ihn zu ihrem Vorhaben zu nötigen. Wenn er sich nicht in ärztliche Hilfe begeben wollte, würden sie der Krankenhausleitung von seiner Tat berichten und er würde gefeuert. Hatte Sandra ihr Zugeständnis, dass sie nichts erzählen würde, vorhin nicht auch als Bedingung gestellt? War die ganze Sache etwa schon ins Rollen geraten, ohne dass er noch etwas dagegen tun konnte? Konnte es sein, dass er ihnen schon jetzt hilflos ausgeliefert war und gehorchen musste, ob er es nun wollte oder nicht?

"Ich werde jetzt wieder hochgehen, Mark, ich hoffe Du kannst die Sauerei hier alleine bereinigen", sagte sie traurig und wollte sich gerade zum Ausgang drehen, als Decker sie noch einmal zurückrief. Die Plastiktüte knisterte an ihren Beinen.

"Weshalb soll ich mich denn untersuchen lassen?", fragte er hinterlistig, "Kann nicht jedem von uns schon mal ein Malheur passieren?"

Sprachlos sah sie ihn an. Damit hat sie nicht gerechnet, dachte Decker und freute sich insgeheim, dass er sich dazu entschlossen hatte, seinen Erpressern Widerstand zu leisten. Die Tüte knisterte abermals, als sie erneut Anstalten machte, den Obduktionssaal zu verlassen. Was hatte sie bloß darin versteckt? War es vielleicht die Maske, mit der sie sich als seine Mutter ausgegeben hatte? Oder war es eine Kamera, mit der sie alles aufgenommen hatte? Wahrscheinlich beides. Das würde auch erklären, weshalb sie plötzlich so schnell wieder nach oben wollte, sie hatte ganz einfach Angst, dass er ihr noch auf die Schliche kam, bevor sie das Beweisstück in Sicherheit bringen konnte. Er durfte sie nicht entkommen lassen.

"Zu welchem Psychiater soll ich gehen, Sandra?" Sie drehte sich nochmals zu ihm um. Stumm blickte sie ihm in die Augen, als suchte sie dort nach etwas, das ihr verriet, ob er ihr gefährlich werden konnte. Dieses kleine Miststück, er durfte sie um keinen Preis entkommen lassen. Anscheinend entschied sie sich dafür, dass er ihr nichts tun würde und kam wieder näher. Er musste nun ganz geschickt vorgehen, damit sie keinen Verdacht schöpfte.

"Ich kenne da einen ganz guten Arzt, zu dem du gehen könntest, ich werde dir seine Adresse geben, wenn du willst", brach sie das Schweigen.

Natürlich. Das war ihm doch von Anfang an klar gewesen. Sie versuchte jetzt, ihm einen Psychiater schmackhaft zu machen, der auch an der Verschwörung beteiligt war, der ihm ein bisschen das Gehirn waschen würde, so dass sie ihn unter Kontrolle hatten. Es war ganz simpel und doch so raffiniert. Und diese kleine Schlampe spielte bei dieser Fehde auch noch mit. Er hatte sie zum Essen eingeladen - ja er hatte sie begehrt. Aber er würde ihnen einen Strich durch die Rechnung machen, das schwor er sich.

"Ich möchte noch ein bisschen mit dir reden", begann er und unterdrückte ein hässliches Grinsen. Sie sah ihn erstaunt an.

"Reden? Worüber?"

"Ich weiß, wir kennen uns noch nicht all zu lange, und auch nicht sehr gut, aber in Anbetracht dieser Tatsachen hier, wollte ich dir gerne etwas über meine Kindheit erzählen."

"Über deine Kindheit?"

"Ja, wenn du bereit bist, mir ein Weilchen zuzuhören."

"Mark, ich muss wieder hoch auf die Station ..."

"Es dauert auch wirklich nicht sehr lange, und ich denke, dass es dich interessieren wird. Vielleicht ist es eine Erklärung für das hier." Er deutete mit einer Hand auf den Obduktionstisch. Er schritt langsam um die blutige Leiche herum auf sie zu. Ungefähr zwei Meter war er noch von ihr entfernt. Er würde sie kriegen, das wusste er, doch er wollte sich sicher sein.

"Na schön, wenn du meinst, dass das wirklich nicht noch etwas warten kann. Wir könnten uns aber auch heute Abend darüber unterhalten." Ihre Stimme zitterte etwas, sie war nervös geworden. Decker kam ihr langsam aber stetig näher. Er war sich nun sicher. Er würde dieser dummen Kuh das Hirn aus dem Schädel prügeln.

"Mark ...", rief sie erschrocken, als er mit einer hastigen Bewegung zu ihr hinüber kam. Er konnte sein fieses Grinsen nicht länger unterdrücken.

Sie war gerade im Begriff sich zu der Glastüre zu wenden, um die Flucht zu ergreifen, als Deckers Faust sie ins Gesicht traf. Die Wucht des Schlages nahm ihr das Gleichgewicht, und sie fiel auf das grüne Linoleum. Benommen stellte sie mit einem Mal fest, dass der Saal unglaublich groß war. Ein warme Flüssigkeit begann, aus ihren Nasenlöchern zu laufen. Sie blutete.

"Na? Wie gefällt dir das, du dämliche Fotze? Damit hast du nicht gerechnet, was?", schrie Decker außer sich.

Sandra versuchte sich fortzubewegen. Sie musste wieder auf die Beine kommen, damit sie diesem Irren entrinnen konnte. Worauf hatte sie sich hier bloß eingelassen? Mühsam stützte sich auf die Ellenbogen und begann sich aufzurichten. Doch sie war zu langsam. Etwa traf sie hart in die Magengrube. Decker hatte sie getreten. Ihre Wahrnehmung war von den unsagbaren Schmerzen betäubt, die sich in ihrer Bauchregion ausbreiteten. Sie schrie auf.

Decker sah sie interessiert an. Jetzt war sie nicht mehr die böse Frau, die sie noch vor wenigen Augenblicken gewesen war, jetzt war sie ihm unterlegen. Das gefiel ihm. Sie konnte ihm nichts mehr anhaben.

Gekrümmt lag Sandra auf dem Boden des Saals, schwer atmend und das Gesicht schmerzverzerrt. Ein dünner Faden Speichel lief ihr aus dem Mund und landete auf dem Linoleum. Verängstigt sah sie ihn an. Ihre Augen waren weit aufgerissen und spiegelten ihre Panik. Decker war amüsiert.

"Ich kann dir sagen, dass ich mit meinem Ergebnis sehr zufrieden bin, Schätzchen. Du etwa nicht?" Er lachte teuflisch, während er sich zu ihr hinunter begab. "Aber ich bin noch nicht fertig mit meiner Arbeit."

"Wenn du mich gehen lässt,", versuchte sie, sich zu retten, "dann erzähle ich keiner Menschenseele davon, das verspreche ich dir."

Decker lachte laut auf. Dann setzte er sich auf sie, so dass sie ihre Beine nicht mehr bewegen konnte. Er versuchte ihre Hände einzufangen, die sich verzweifelt gegen ihn wehrten.

"Bitte lass mich gehen, Mark. Von mir aus gehe ich auch an eine andere Klinik, wenn du das willst", flehte sie ihn an.

Er durfte ihr nicht nachgeben, so sehr sie ihn auch darum bat, sie würde ihn nur betrügen, wieder und wieder. Sobald er sie freiließ, würde sie ihren Verbündeten das Material zur Verfügung stellen, das gegen ihn sprach. Sie war eine dumme Schlampe - und sie würde bekommen, was ihr zustand. Keine Gnade. Zornig schlug er ihr noch mal ins Gesicht. Er wollte ihr Blut sehen. Das Blut seiner Feinde.

Schwärze Punkte zuckten vor ihren Augen und verdichteten sich schließlich zu einem dunklen Schleier. Ihr Gesicht war vollkommen taub. In weiter Ferne spürte sie, wie etwas sich um ihren schlanken Hals wand, um schließlich mit aller Kraft zuzudrücken. Es war ihr egal. Sie hatte keine Lust mehr, sich ihrem Peiniger zu widersetzen. Sie hatte keine Chance zu überleben. Kraftlos ließ sie ihre

Arme zu beiden Seiten Deckers hinabfallen. Unbewusst versuchte sie noch Luft zu holen, doch die starken Hände verhinderten dies. Langsam glitt sie in völliger Dunkelheit, umgeben von einer herrlichen Gefühllosigkeit – bereit zu sterben.

Doch plötzlich blitzte vor ihrem geistigen Auge ein gleißend helles Licht auf. Sie sah, wie ein junger Chinese ihr Essen, das sie bestellt hatte, in eine Plastiktüte tat und ihr überreichte. Dann wiederholte sich dieser Vorgang, diesmal etwas genauer. Der Chinese stapelte mehrere verpackte Gegenstände in die Tüte, Servietten, Besteck, zwei Getränkeflaschen. Es blitzte wieder, die Bilder begannen von vorn abzulaufen. Diesmal blieben ihr die zwei Flaschen besonders lange vor Augen. Und dann wusste sie, was sie zu tun hatte.

Die Plastiktüte konnte nicht weit von ihr entfernt sein. Sie tastete danach. Als Decker ihre unerwartete Regung bemerkte, verstärkte er seinen Druck auf ihre Atemwege noch.

Beeil Dich, sagte sie sich, lange hältst du nicht mehr durch. Doch es schien aussichtslos zu sein. Wollte sie überhaupt noch Widerstand leisten? War es nicht ein Segen, dass er sie nicht noch mehr folterte? Sollte sie ihm dafür nicht einfach dankbar sein und gehorsam sterben? Ihre Finger fanden die Tüte. Ein letzter Hoffnungsschimmer flammte auf. Sie ergriff das knisternde Plastik und schlug zu. Nichts tat sich. Mit aller Kraft, die sie noch aufbringen konnte, holte sie nochmals aus und schmetterte den Inhalt des Beutels erneut dort hin, wo sie sich erhoffte den Kopf Deckers zu treffen, dann ließ sie das Gewicht der Lebensmittel aus der Hand gleiten.

Es dauerte einen Moment, dann sank Mark bewusstlos zur Seite. Sie hatte es geschafft. Dennoch musste sie sich beeilen, bevor er wieder zu sich kam und vollenden konnte, was er begonnen hatte. Ein grässlicher Husten drang aus ihrem Hals, der von einem stechenden Schmerz begleitet wurde. Dann zwängte sie sich mühsam unter dem schlaffen Körper, der noch halb auf ihr lag, hervor. Als sie sich aufrichtete, wurde ihr wieder schwarz vor Augen, so dass sie noch einmal gezwungen war, in die Knie zu gehen – von der Vorstellung verfolgt, Decker könne genau in diesem Moment aufwachen, in dem sie zu einer Flucht oder zumindest einer Gegenwehr noch nicht bereit war. Aber nichts dergleichen geschah.

Langsam, auf jeden Schritt achtend, schlich sie zur Türe. Ihre Kehle brannte und ihr war immer noch schwindelig, doch sie würde es schaffen. Sie wollte jetzt endlich aus dieser Hölle des Todes hinaus. Sie wollte ein Bett und sie würde eine Menge Zeit brauchen, um sich von diesem Erlebnis zu erholen.

Aber noch war die Schlacht nicht gewonnen, noch war sie hier unten - im Leichenkeller.

Endlich hatte sie die Glastüre erreicht und hielt den Griff in den Händen. Der Fluchtweg stand ihr offen. Sie drückte die Türe auf und konnte auf den langen Korridor sehen. Am Ende wartete der Aufzug auf sie. Ihr Ziel.

"Saaandraaa!", ertönte plötzlich Deckers Stimme hinter ihr. Sie hörte sich lieblich an, einschmeichelnd, aber trotzdem drohend. Es war die Stimme eines Psychopathen, der mit seinem Opfer noch ein bisschen spielen will, bevor er es endgültig ins Jenseits befördert. Das wackelige Kartenhaus, aus dem ihre Hoffnung bestand, begann zu schwanken.

"Sandra", rief die Stimme jetzt enttäuscht, "Du willst mich doch nicht schon verlassen, oder? Unser kleiner Disput ist noch nicht aus der Welt." Ein grausames Lachen folgte.

Sie stieß sich von der offenen Glastüre ab und lief so schnell sie konnte über den langen Gang. Die grünen Wände wackelten in ihr Blickfeld. Doch sie behielt die Schiebetüren ihrer Fluchtmöglichkeit fest im Auge. Ihre Schritte stampften ungewohnt auf dem Boden. Voller Angst schaute sie über die Schulter zurück. Decker war nicht zu sehen. Endlich kam sie am Aufzug an. Hastig drückte sie auf den Knopf, mit dem man den Lift bestellte. Sie wartete, doch der Fahrstuhl kam nicht. Ihr war bewusst, dass sie kaum Zeit hatte. Ohne Waffen würde sie keinerlei Chance haben.

Nach gut einer Minute war immer noch nichts von ihrer Rettung zu hören. Flehend hatte sie ihr Ohr an die Metalltüren gelegt und hörte. Entweder war der Lift ausgefallen oder jemand blockierte ihn. In ihr stieg das kribbelige Gefühl, dass jeden Moment ihr Verfolger auf sie zugelaufen kommen würde. Hier im Flur hätte sie keine Ausweichmöglichkeit.

Nach einer weiteren ereignislosen Minute stand fest: Sie würde sich Decker stellen müssen, sie hatte keine andere Wahl. Ängstlich wand sie sich wieder dem Gang zu. Vielleicht hatte sie ja Glück und er war noch bewusstlos. Eilig schritt sie in den Obduktionssaal zurück.

"Hast du dich doch zum Bleiben entschieden?" Decker befand sich noch dort, wo er gelegen hatte, als sie den Saal verlassen hatte. Allerdings war er jetzt nicht mehr besinnungslos, sondern richtete sich auf und kam grinsend näher. Eine Blutspur zog sich über sein Gesicht, doch er schien sie nicht zu bemerken. Auf dem Boden vor seinen Füßen lag die Plastiktüte, mit der sie ihn geschlagen hatte. Schweigend bückte er sich nach ihr und sah hinein. Murmelnd sammelte er die in Aluminium verpackten Lebensmittel heraus. Dann schrie er etwas von einer Kamera, aber Sandra konnte es nicht richtig verstehen. Sie hatte sich unterdessen an die Schränke an der anderen Seite des Saales geschlichen und suchte eine geeignete Waffe. Schließlich fand sie ein ziemlich großes Skalpell und drehte sich entschlossen in Deckers Richtung.

"Bist du jetzt soweit, du verdammtes Miststück?", schrie er sie an. Zu ihrem Schreck hatte er sich in der kurzen Zeit, in der sie ihm den Rücken zugekehrt hatte, beträchtlich genähert. Er hatte eine der beiden Flaschen in der Hand, die er in der Tüte gefunden hatte. Er war zu einem unzähmbaren Tier geworden. Er starrte sie bösartig an.

"Der Tod wird für dich eine Erlösung sein, wenn ich mit dir fertig bin, Schätzchen", flüsterte er lächelnd. Dann schlug er die Flasche auf die Kante des Obduktionstisches. Splitterndes Glas und die Flüssigkeit aus der zerstörten Flasche landeten geräuschvoll auf dem Boden. Sie sah den Flaschenhals, den er noch in seiner Hand hielt, als sein dämonisches Lachen wieder ertönte. Die spitzen Zacken des zerborstenen Glases waren drohend auf sie gerichtet. Panik stieg in ihr hoch.

"Sandra, mein Kind, ich werde jetzt zu dir rüber kommen. Und du wirst schön stillhalten, hörst du?" Die letzten Worte schrie er laut durch den

Saal, als er begann, mit festen Schritten auf sie zuzugehen. In wilder Panik lief Sandra vor Decker fort. Sämtliche Gedanken, die sie sich gemacht hatte, wie sie diesen Irren überwältigen könnte, waren plötzlich verschwunden. Eines war ihr klar, sie durfte nicht zulassen, dass dieser Wahnsinnige ihr zu nahe kam, ansonsten würde sie nicht mit dem Leben davonkommen. Doch die Flucht war aussichtslos. Außer dem langen Flur auf der anderen Seite des Obduktionssaals gab es keine Möglichkeit, zu fliehen. Sie war gefangen.

Die weiß gestrichene Wand, auf die sie jetzt zulief, schien zu schwanken. Irgendetwas war nicht in Ordnung. Das Bild vor ihren Augen verzerrte sich, dann begann es, vor ihren Augen zu flimmern. Ihr Kreislauf war immer noch angeschlagen, und sie hatte keine Zeit, sich ihrem Körper zu fügen, falls sie nicht …

Sandra wurde immer langsamer. Decker war nur noch einige Meter von ihr entfernt. Jetzt würde er dieser Schlampe endlich geben, was sie verdiente.

Entkräftet hob sie ihre Hand vor ihre Augen und schloss sie. Hinter ihr waren Deckers stampfende Schritte zu hören, die ihr immer näher kamen. Ihr war schwindelig. Es gab nun kein Entrinnen mehr. Weshalb hatte sie sich überhaupt zur Wehr gesetzt? Hinter ihr ertönte eine hässliches und gemeines Gelächter. Er würde sie jetzt umbringen. Einfach warten. Warten und hinnehmen. Doch dann fasste sie einen Entschluss und drehte sich zu ihrem Verfolger um.

Decker blieb verdutzt stehen. Wollte sie denn nicht mehr sein hübsches kleines Spielchen spielen? Sie drehte sich zu ihm um und sah ihm ins Gesicht. Sein Atem blieb weg. Es war das Gesicht seiner Mutter, und es sah nicht sehr freundlich aus. Der Schock war fast perfekt. Aber er hatte ihre Täuschung durchschaut. Sie hatte wieder die Maske auf, um ihn noch ein letztes Mal zu verwirren, doch das würde nicht klappen.

Sandra begann zu lachen. Es war nicht das wirkliche Lachen, das man ausstieß, um Freude auszudrücken, aber es war genauso befreiend. Es war das Lachen, das einem erlaubte, sich von seiner derzeitigen Lage zu distanzieren – ein Angstlachen. Aber dennoch wirksam.

Jetzt fing seine Mutter an zu lachen. Es klang hysterisch und furchteinflößend. Es klang echt. Er zweifelte wieder, ob er nicht doch seine wirkliche Mutter vor sich hatte. Das Lachen schwoll zu einem Kreischen an und seine Mutter zog sich das Gesicht vom Kopf. Es war Sandra, wie er es geahnt hatte. Er verspürte einen rasenden Schmerz in seinem Oberschenkel.

Es war gut, einfach über die Situation zu lachen. Sie lachte aber auch über Decker. Er war krank. Und ihr Gelächter schien ihn zu irritieren. Das war ihre Chance. Mit aller Kraft und Entschlossenheit schrie sie los, hob das Skalpell und warf sich nach vorne. Das scharfe Instrument durchstieß das Bein ihres Gegners. Ein erschrockener und vom Schmerz verzerrter Aufschrei hallte durch den Saal.

Das Miststück hatte ihn reingelegt. Entsetzt sah er auf die Wunde, die sie ihm zugefügt hatte. Das Skalpell stak noch in ihr und die weiße Krankenhaushose färbte sich rot. Sandra lachte wieder und begann davon zu kriechen.

Sie musste schleunigst auf die Beine kommen und sich eine neue Waffe suchen. Eilig rutschte sie über den grünen Boden. Sie konnte ihn mit der anderen Flasche aus der Tüte erschlagen. Sie musste nur noch auf die Beine kommen. Nur noch ein Stück laufen. Nur noch ... Irgendetwas traf sie hart am Hinterkopf. Sie brach zusammen. Dann wurde sie brutal auf den Rücken geschleudert. Unbeteiligt sah sie die grünen Schneiden des kaputten Flaschenhalses auf ihr Gesicht zukommen, dann war sie bewusstlos.

Außer sich vor Wut stieß er ihr immer wieder das Glas ins Gesicht. Sie hatte es verdient. Blut floss über das Grün des Linoleums. Sie war sehr, sehr unartig gewesen. Er trieb die Scherben immer und immer wieder in ihr zerstörtes Antlitz. Sie hatte es nicht anders gewollt.

"Sie wollte es nicht anders!", schrie er durch den Saal.

Er war erschöpft. Seine Wunde machte sich wieder bemerkbar. Das Skalpell, er musste es herausziehen. Vorsichtig setzte er sich neben Sandras matschig blutigen Kopf, doch seine Aufmerksamkeit galt ausschließlich seinem Bein. Er warf die halbe Flasche, die komplett mit roter Farbe überzogen schien, beiseite und legte seine Hände auf das Instrument. Es würde ziemlich weh tun. Doch es musste sein. Mit einem kräftigen Ruck befreite er sein Fleisch von dem scharfen Fremdkörper. Tränen des Schmerzes flossen ihm übers Gesicht. Dann legte er sich einen Moment lang hin. Er musste sich ausruhen. Er musste seine nächsten Schritte planen. Er musste mit aller Ruhe und Sorgfalt vorgehen. Er fiel ins Unbewusste.

Als er wieder zu sich kam, wunderte er sich, weshalb er auf dem Boden lag. Sein Bein schmerzte. Er hob es an, um zu sehen, was ... Blut! Was war bloß geschehen? Er konnte sich nur noch ganz schwach erinnern, dass er sich seltsam gefühlt hatte, als er in die Obduktion kam. Mühsam legte er sich zur Seite. Er sah direkt in die blutige Fleischmasse, die einst Sandra Hessels Gesicht gewesen war. Ein Schauer von Entsetzen fuhr über ihn hinweg. Das durfte nicht wahr sein. Das musste ein Traum sein. Hastig setzte er sich auf und sah auf seine Uhr. In zwanzig Minuten hatte er offiziell Dienstschluss. Langsam erinnerte er sich wieder. Er hatte sie ermordet. Er war wahnsinnig geworden. So wie sie es gewollt haben. Wer hatte etwas gewollt? Sie. Wer waren sie? Die Verschwörer, sie wollten ihn wahnsinnig machen. Aber das war doch lächerlich, niemand wollte ihn wahnsinnig machen. Doch, er sollte zu einem Psychiater, der ihn für ihre Zwecke manipuliert hätte. Nein, so etwas gab es nur im Fernsehen, nicht aber im realen Leben.

Wieder sah er in das Gesicht, der jungen Arzthelferin, oder vielmehr in das, was davon übrig geblieben war. Es war ein schrecklicher Anblick. Ihre Oberlippe war an zwei Stellen durchtrennt und blau angeschwollen. Ihre Nase war völlig zertrümmert, ein einziger blutiger Hügel in der roten Landschaft des grausamen Todes. Ihre Stirne war bis auf den Schädelknochen aufgeschnitten und ihre Wangen waren von den scharfen Glasspitzen durchstoßen worden. Es war geradezu ein Wunder, dass ihre Augen vor dieser üblen Zurichtung verschont worden waren. Doch ganz sicher konnte er sich bei dieser Diagnose nicht sein, da all das Blut dafür gesorgt hatte, dass es fast unmöglich war, die verletzten Stellen von der heilen Haut zu unterscheiden. Aber das war auch nicht weiter wichtig, schließlich konnte er das Geschehene nicht wieder rückgängig machen. Viel wichtiger für ihn war es nun, sich Gedanken darüber zu machen, wie er die Leiche verschwinden lassen konnte.

Ängstlich kam er auf die Füße. Was würde man wohl mit ihm machen, wann man erfuhr, dass er eine unschuldige Krankenschwester mit einer zerbrochenen Glasflasche zu Tode geprügelt hatte? Das bedeutete lebenslänglich. Oder er käme ins Irrenhaus, wenn er ihnen erzählte, wie es wirklich gewesen war. Er würde wieder zu einem Psychiater gehen müssen. Man würde ihn für unzurechnungsfähig erklären und er würde für ewig in der Gummizelle sitzen. Die Wahrheit würde ihm keiner glauben. Was war überhaupt die Wahrheit? Hatte Sandra wirklich an einer Verschwörung gegen ihn teilgenommen? Er sah sich um. Zwischen Eingang und Obduktionstisch lag die Plastiktüte, die sie mit hierher gebracht hatte. Er hatte sie durchsucht. Es war keine Spur von einer Kamera gewesen, mit der sie ihn hätte filmen können. So wie es aussah, hatte sie ihm etwas vom Chinesen mitgebracht. Sie hatte ihn für die Mittagspause zum Essen einladen wollen, und da er nicht hochgegangen war, war sie eben heruntergekommen. Kein Anzeichen von einem Komplott, keine hinterhältigen Tricks, um ihn um den Verstand zu bringen.

Zerstreut sah er wieder auf den leblosen Körper vor ihm. Er hatte ihr Unrecht getan. Er hatte eine Unschuldige auf brutalste Weise ermordet. Lebenslänglich, fuhr es ihm ernüchternd durch den Kopf. Oder Gummizelle, eins von beidem, kein großer Unterschied. Er musste sie fortschaffen.

Von Panik getrieben lief er auf den Obduktionstisch zu. Er löste ein paar Metallverankerungen, zog den Tisch aus den Führungsschienen und rollte ihn zu Sandras Leiche. Es blieb nicht mehr viel Zeit. Bald würde die Putzkolonne durch die Kellergeschosse gehen. Er musste die beiden Körper auf jeden Fall so schnell wie es nur ging loswerden.

Hastig zerrte er an dem weißen Kittel, der Frau, die er umgebracht hatte, weil sie ihm Essen für die Pause bringen wollte. Sie war schwer und sein Bein pochte wild vor Schmerz. Angespannt presste er ihren Rücken gegen die Tischkante in der Hoffnung, er könne so einen Augenblick verschnaufen, doch dann entschied er sich dazu, erst Luft zu holen, wenn die zweite Leiche auch fahrbereit war. Mit einem angestrengten Ächzen hievte er auch noch ihre Beine auf den Tisch. Es war geschafft.

Heftig atmend stand er eine Weile vor der Leichenbahre. Es war ein wenig eng für zwei Tote, aber das spielte jetzt keinerlei Rolle, solange er nur aufpasste, dass keine der beiden hinunterfiel und ihm dadurch Zeit und Kraft rauben konnte. Er schob den Leichnam der Arzthelferin noch ein Stück auf den Körper seines alten Schulfreundes drauf und zog das weiße Laken darüber, um den Anblick des Grauens zu verhüllen. Dann fuhr er die Bahre zur Glastüre hin. Er musste sich beeilen. Krachend stieß das Vorderteil des Transportmittels gegen die Stoßvorrichtung an der Türe und schob sie auf. Es dauerte eine Weile, bis er den Tisch über die Schwelle hatte, denn in seiner Hast achtete er nicht sonderlich darauf, dass er nirgends gegen stieß.

Plötzlich wurde seine Aufmerksamkeit auf etwas Kleines gelenkt, das unter dem Tuch hervor rutschte und auf den Boden fiel. Erst hatte er gedacht, es sei die leblose Hand der Krankenschwester, die sich verselbständigt hatte und sich ins Freie bewegen wollte, doch dann, bei einem flüchtigen Blick, wurde ihm alles klar. Es war die Kamera, die er in der Plastiktüte gesucht hatte. Sie rutschte unter dem weißen Laken hervor und fiel zu Boden. Wie in Zeitraffer sah er den schwarzen Gegenstand auf dem grünen Flur zerschellen. Kleine silberne Zahnräder vielen aus dem dunklen Gehäuse heraus und rollten über das Linoleum. Seine Befürchtung, dass er das Opfer einer miesen Verschwörung war, bewahrheitete sich nun doch noch. Und er hatte die ganze Zeit geglaubt, er hätte eine Unschuldige getötet. Nein, die ganzen Zweifel an sich selbst und seiner Umwelt waren umsonst gewesen. Er hatte das Richtige getan. Und er würde es auch zu Ende bringen.

Von neuem Zorn getrieben schob er die Bahre voran. Er musste jetzt nicht nur äußerst schnell sein, er musste auch äußerst vorsichtig sein. Sandras Komplizen waren bestimmt schon auf der Suche nach ihr. Sie konnten jeden Augenblick hier aufkreuzen und ihn bedrohen. Gegen diese verkommene Arzthelferin hatte er erfolgreich kämpfen können, doch gegen mehrere Bewaffnete würde er keine guten Karten haben. Ruckartig brachte er den Leichentransporter zum Stehen. Eilig kramte er nach dem richtigen Schlüssel für die Leichenhalle. Er würde die zwei Toten einfach in einen der Kühlschränke legen und sich aus dem Staub machen. Vielleicht würde er auch noch seine Spuren wegwischen, falls die Zeit es erlaubte. Endlich fand er den Schlüssel und öffnete die Türe. Als er sich wieder zur Bahre umdrehte, hatte er das Gefühl, etwas unter dem Laken hätte sich bewegt. Eiskalter Schauer lief ihm über den Rücken. Dann fiel ihm ein, dass er das Gefährt angestoßen hatte, als er die Türe zur Leichenaufbewahrung aufgezogen hatte. Nichts Unheilvolles war im Gange, alles war ganz normal, er war lediglich ein wenig überspannt, weil er seinen seit sechzehn Jahren toten Schulfreund obduzieren sollte, seine Angebetete ermordet hatte und von einer Gruppe von mysteriösen Verschwörern verfolgt wurde - mehr nicht.

Verschlagen schaltete er das Licht an und zog die Bahre in den Leichenkeller. Die Kühlschränke bildeten eine Vielzahl von Gängen, die von der ersten Türe an bis zur zweiten Türe durchnummeriert waren. Instinktiv entschloss er sich, einen Kühlschrank zu nehmen, der genau zwischen den beiden Zugängen lag, also am weitesten von ihnen entfernt war.

Er zog das Schubfach des Leichenschrankes heraus und stellte zu seiner Zufriedenheit fest, dass es noch nicht belegt war. Hektisch wand er sich wieder der Bahre zu und zog das mittlerweile mit Blut durchtränkte Leinentuch zurück. Er hielt inne. Ein ungutes Gefühl beschlich ihn. Zögerlich stand er herum. Irgendetwas hatte sich verändert. Etwas stimmte nicht. Und dann fiel es ihm auf. Mit einem Male sträubten sich seine Haare und ihm fröstelte. Das Skalpell, das er in das Auge seines früheren Freundes gerammt hatte, war verschwunden.

Sein Herzschlag pochte ihm wie wild in den Ohren. Was ging hier nur vor? Was für ein Spiel trieb man mit ihm? Vorsichtig zog er das Tuch weiter nach unten. Bestimmt war das Instrument nur aus der Augenhöhle des Toten herausgefallen, und lag nun auf der Bahre. Doch er konnte nichts von dem Arztmesser finden. Schließlich rutschte das Laken vollständig auf den Boden, doch der verschwundene Gegenstand blieb unentdeckt. Wahrscheinlich lag er im Obduktionssaal, den er so übereilt verlassen hatte. Ihm war einfach nicht aufgefallen, dass das Skalpell zu Boden gefallen war. Aber konnte ein Instrument, das so tief in den Schädel eines Toten getrieben worden war, so einfach herausrutschen?

Er sah erschrocken auf seine Armbanduhr. Wenn er niemandem begegnen wollte, musste er sich jetzt unverzüglich zum Aufzug begeben. Die Leichen mussten weg. Sämtliche Gedanken, die er sich über das zauberhafte Verschwinden des Skalpells gemacht hatte, waren mit dem Blick auf die Uhr verschwunden. In seinem Inneren schrillte eine Alarmsirene. Keine Zeit mehr. Er packte die Arzthelferin an den Beinen und am Nacken und zog sie auf die Bahre des Leichenfaches. Eisige Kälte strömte aus dem Inneren des Schrankes. Jetzt musste er nur noch die andere Leiche auf die ...

Pures Entsetzen ergriff ihn, als er aufsah. Die rechte Hand des Toten, der einst sein Freund gewesen war, hielt das gesuchte Skalpell. Steil zeigte es in die Luft, während die totenblassen Handknochen durch den eisernen Griff noch weißer wurden.

Angsterfüllt suchte er nach einem Ausweg, doch er saß in der Falle. Als er den Gang betreten hatte, hatte er die Bahre hinter sich hergezogen, anstatt sie voranzuschieben. Jetzt befand sich vor ihm die Ausziehbahre des Leichenschrankes und direkt davor die Bahre mit Ralf Sangert, die er quer in den Gang gestellt hatte, damit er die Toten nur noch auf das Schubfach des Kühlschranks ziehen brauchte, die aber auf diese Weise auch den Fluchtweg blockierte. Diese Konstellation, wurde es ihm bewusst, war äußerst ungünstig. Er hatte sich selbst den Weg abgeschnitten, und es hatte ganz den Anschein, als sei die Leiche, die das Skalpell hielt, fähig, noch mehr zu tun. Er musste nun mit allem rechnen. Für diese Situation gab es keine vernünftige Erklärung mehr. Und er hatte auch keine Lust, sich über lebende Leichen Gedanken zu machen, bis sie ihm schließlich an den Hals fielen. Nein, er musste jetzt handeln - jetzt und endgültig. Er wollte hier raus.

Langsam ließ er sich auf die Knie sinken. Sein Bein begann wieder zu bluten, doch er nahm davon keinerlei Notiz. Gebannt starrte er auf Ralf Sangert und sein Skalpell. Dann holte er einmal tief Luft und krabbelte los. Er hatte das Gefühl, besonders leise sein zu müssen, um die Toten über sich nicht zu wecken. Langsam kroch er unter die erste Bahre, die frei in der Luft hing. Die zweite Bahre lag auf einem Fahrgestell, dessen Räder durch Verstrebungen fixiert waren, was ihn zwang, sich auf den Bauch zu legen, und wie ein Soldat auf Wehrübung unter den Stahlstangen her zu tauchen. Mühsam drückte er sich mit den Zehen voran und zog sich gleichzeitig mit den Händen weiter. Er atmete heftig. Nur Stück für Stück kam er vorwärts, es ging alles viel langsamer als er sich gedacht hatte. Immer wieder warf er einen kurzen Blick auf die Metallkante der Tischplatte, die sich etwa anderthalb Meter über ihm befand. Mit Panik erfüllt rechnete er damit, dass sich die nackten Füße Ralf Sangerts in sein Blickfeld schwangen. Er war hier unten gänzlich ausgeliefert - völlig wehrlos. Diese Lage raubte ihm den Verstand. Tränen der Angst und der Wut schossen ihm ins Gesicht. Er gab sich nun keine Mühe mehr, besonders leise zu sein. Alles, was er wollte, war sich aufrichten und davonlaufen. Aber er musste erst unter diesem beschissenen Wagen herkriechen. Er kam jedoch nicht vom Fleck. Die Arzthelferin hielt seine Füße fest. Es war nur noch eine Zeitfrage, bis die

Leiche seines Kumpels über ihm erwachte und ihm das Skalpell in den Hinterkopf rammte. Vergebens versuchte er sich schneller fortzubewegen, doch es wollte ihm nicht gelingen. Die Leiche erwachte. Er wand sich in panischer Angst. Langsam senkten sich die kalten Hände auf seinen Nacken - er konnte nichts dagegen unternehmen - und umfassten seinen Hals. Die Luft wurde ihm abgeschnürt. Er spürte den Hauch des Todes auf seiner Haut, während seine Füße immer noch festgehalten wurden, sein Oberkörper auf das grüne Linoleum gepresst.

Plötzlich prallte sein Gesicht gegen einen harten Gegenstand. Vor ihm befand sich eine Wand. In seiner blinden Panik war er den ganzen Weg aus dem Gang heraus bis zur gegenüberliegenden Wand gerobbt, bis er schließlich gegen sie gestoßen war. Verstört zog er seine Beine an sich und wand seinen Blick angsterfüllt auf die Bahren. Die zwei Leichen lagen an ihrem Platz, aber er konnte selbst aus dieser Entfernung die Schneide des Instruments sehen, dass krampfhaft von der Hand eines Toten festgehalten wurde. Eilig rappelte er sich auf und begann auf den Eingang zuzulaufen. Die Gänge mit den Leichenschränken huschten am Rande seines Blickfeldes vorüber. Das Gefühl des Verfolgtwerdens ließ ihn nicht los, doch jedes Mal, wenn er hinter sich sah, war der Flur lehr. Niemand war hinter ihm her. Trotzdem lief er so schnell er konnte, bis er aus der Halle heraus war.

Schnaufend ließ er sich gegen die zugeschlagene Stahltüre fallen. Er musste sich unbedingt ausruhen, er wollte schlafen, hatte aber keine Zeit. Immer noch hatte er das Gefühl, dass irgendetwas hinter ihm her war, obwohl er sich ja mehrmals vergewissert hatte, dass das nicht der Fall war. Er wollte trotzdem sichergehen, dass nichts nach ihm diese Leichenhalle verlassen konnte. Angespannt tastete er nach seinem Schlüsselbund. Er konnte es nicht finden. Hatte er ihn nicht wieder in die Tasche gesteckt? Mit Grauen wurde ihm klar, dass er seinen Schlüssel verloren hatte. Er war nicht in der Lage die Türe zu verschließen, was bedeutete, dass alles, was auch immer aus dieser Halle herauswollte, auch hinauskommen würde. Nein, das durfte nicht geschehen, unter gar keinen Umständen. Erschöpft sah er den langen grünen Korridor hinunter. Der Aufzug war seine Rettung, er würde ihn aus dieser Hölle des Wahnsinns hinausbringen. Dann fiel sein Augenmerk auf einen schwarzen Gegenstand, der auf dem Boden lag. Es war ein Portemonnaie. Silbergeld hatte sich daraus befreit und war über den Flur gerollt. Die Geldbörse lag genau dort, wo vorhin noch die Kamera dieser Krankenschwester gelegen hatte. Es war eindeutig, dass hier manipuliert wurde. Er befand sich also nicht mehr allein im Keller. Diese Erkenntnis trieb ihn wieder zur Eile. Aber sollte er nicht vorher im Obduktionssaal alles bereinigen? Dieser Gedanke beantwortete sich sofort, da er den Entschluss gefasst hatte, sich nie wieder an diesen Ort zu begeben. Es war egal, was er hier für eine Schweinerei hinterließ, er war eh gezwungen, unterzutauchen. Sein Blick fiel auf die Glastüre, die zur Obduktion führte. Dort stand mit schwarzen Buchstaben geschrieben: WIR KRIEGEN DICH!

Nein, das konnte nicht wahr sein. Sie spielten mit ihm. Sein Gesicht wurde heiß und sein Herz setzte für einen Moment lang aus. Dann schrie er plötzlich auf. Kriechend wurde ihm klar, dass er ihnen nicht entrinnen konnte. Sie waren überall. Selbst wenn er es bis zum Aufzug schaffen würde, dann würde man ihn in der Kabine erwarten - freundlich grinsend mit einem teuflischen Funkeln in den Augen. Er schluchzte laut und verschluckte sich fast an seinem Speichel, als er eine Bewegung an seinem linken Arm verspürte. Etwas Kaltes bewegte sich dort - es war die Türklinke, die ihn berührte. Die Leichen wollten aus ihrem kühlen Lager raus.

Ohne zu überlegen rannte er los. Hinter ihm krachte die Metalltüre gegen die Wand. Er zwang sich, weiter zu laufen. Etwas Metallisches wurde erst gegen die eine und kurz darauf gegen die andere Wand geschlagen. Er wollte nicht nach hinten sehen, doch er drehte sich trotzdem um.

Was er sah, entsprach den düstersten Vorstellungen seines kranken Hirns. Ralf Sangert war auferstanden. In seiner einen Hand hielt er immer noch das Skalpell, mit seiner anderen schwang er einen Teil des Rollgestänges der Bahre von Wand zu Wand und hinterließ nach jedem Aufprall einen grauen Fleck abgesplitterten Putzes. Die Reinkarnation seiner Alpträume befand sich vor ihm.

Er sah wieder zum Aufzug. Noch zwanzig Meter. Wäre zu schaffen. Hinter ihm war wieder dieses zischende Geräusch zu hören, gefolgt von einem harten Aufprall. Putz blätterte auf das Linoleum. Noch zehn Meter. Er konnte es schaffen, wenn er sich anstrengte. Wieder ein Schlag, kurz danach noch einer. Fünf Meter. Er würde dieser Hölle entkommen. Die Aufzugtüren glitten auseinander und gaben den Blick auf die Fahrstuhlkabine frei.

Einen Moment war alles um ihn herum still. Sein Atem pfiff überlaut. Sein Blut pumpte sich kraftvoll durch seine Schläfen. Sein Herzschlag dröhnte. All seine Hoffnung war verschwunden. Er musste es ein für alle Mal einsehen. Es gab kein Entrinnen. Er würde hier unten in der Hölle sterben.

Vor ihm stand seine Mutter und sah ihn mit aufgerissenen Augen an. Alles war ruhig, nur sein Körper lärmte - und die schwere Metallstange, die von einer Wand zur anderen geschlagen wurde und immer näher kam. Er war gefangen. Sie hatten gewonnen. Die Türen des Aufzuges zogen sich wieder zusammen und seine Mutter verschwand. Unmittelbar hinter ihm wurde das Eisenrohr in den Linoleumboden geschlagen. Er war am Ende und hatte sich damit abgefunden.

Langsam drehte er sich um. Vor ihm stand Ralf Sangert. Grinsend schwang er seine Waffe, holte aus und preschte sie ihm vor die Beine. Ein Schmerzensschrei entfuhr seiner Kehle und er sackte in sich zusammen. Aus dem Augenwinkel sah er, wie die Leiche nochmals ausholte. Zischend durchschnitt die Stange die Luft, bevor sie auf sein Gesicht traf, den Schädel zersprengte und sein Gehirn zermatschte.

Bereits während sie mit dem Lift in den Keller fuhren, hörten sie die Schreie einer jungen Frau. Es war unverkennbar, dass sie hysterisch war.

"Und der Hausmeister ist sich sicher, dass er Mark Decker dort unten gesehen hat?", fragte ein junger Polizist ungläubig.

"Er hat lediglich gesagt, dass es Decker sein könnte. Du darfst nicht vergessen, dass er diesen Mann nur von den Fahndungsfotos her kennt, als psychopathischen Killer", antwortete ihm ein älterer Kollege mit besorgtem Gesichtsausdruck, "Manchmal kommt es auch vor, dass ältere Menschen etwas überängstlich sind."

"Er hat gesagt, dass Decker direkt vor ihm gestanden habe, als sich die Türen des Aufzugs geöffnet hatten."

"Wollen wir hoffen, dass das nicht der Fall war."

"Ich glaube, wenn, dann hat dieser Hausmeister aber verdammt Glück, dass er noch lebt."

"Wahrscheinlich."

Der Aufzug knirschte bedrohlich, als hätte er die verwerflichen Gedanken seiner Insassen vernommen. Die beiden Polizisten zuckten kaum merklich zusammen.

Ein langer Schrei der Wut drang in die Kabine, dass ihnen ein Schauer durch den Körper fuhr. Und noch bevor sich der Aufzug öffnete, wünschten beide, sie wären nie hier heruntergefahren.

Vor ihren Augen stand eine junge Frau, deren Gesicht eine einzige rohe Fleischmasse war. Die Augen blickten apathisch durch die Gegend und aus ihrem Mund drangen Schreie unsagbaren Schmerzes. In ihren Händen hielt sie eine grobe Eisenstange, die sie, ungeachtet ihrer Anwesenheit, immer wieder auf den Körper eines nicht mehr zu erkennenden Arztes schlug.

Der Ausgleich

Noch nie in meinem Leben war ich krank. Also ich meine wirklich krank. Ich musste noch nie ins Krankenhaus. Darüber konnte ich bislang froh sein. Aber ich denke mittlerweile auch, dass nichts im Leben ohne Ausgleich bleibt. Und bezahlt wird ja bekanntlich überall. Ja, Sie haben es erraten. Ich liege mit meinen knapp zweiundvierzig Jahren zum ersten Mal in einem Hospital. Und unter uns, ich habe nicht viel Hoffnung, dass ich je wieder hier raus kommen werde. Jedenfalls nicht lebendig. Das ist wohl der Preis für mein bis dato unbeschattetes Leben. Entschuldigen Sie, wenn ich lache, aber so ist es. Als Kind war ich nicht ein einziges Mal ernsthaft krank, was doch schon fast an ein Wunder grenzt, oder? Natürlich hier und da eine Schramme, aber nichts Ernstes, was die Hilfe eines Arztes bedurft hätte. Nur täuschen Sie sich nicht, ich war nie das brave Kind. Ich denke, dass meine Jugend wirklich gänzlich normal verlaufen ist. Ich habe gerauft, Fußball gespielt und alles Mögliche und Unmögliche beklettert. Die Knochenbrüche meiner damaligen Spielkameraden würden ganze Bücher füllen. Mich nannten sie nur ‚Eisenmann'. Ich tat mir nie etwas. Auch nicht, als ich es eines Tages nicht mehr aushielt, immer nur stark zu sein, immer derjenige zu sein, dessen Mutproben nichts wert waren, weil ich mir ja schließlich eh nichts tun konnte. Ich wollte damals zeigen, dass ich auch Mut brauchte, um von einem hohen Baum zu springen, was bei zweien meiner Freunde damals für komplizierte Brüche gesorgt hatte. Ich wollte ebenfalls für meine halsbrecherischen Aktionen anerkannt werden. Doch auch als ich es wirklich darauf anlegte musste ich nie ins Krankenhaus. Mich konnte niemand besuchen, weil ich mit einem gebrochenen Bein Schonung brauchte. Nein, bei mir hieß es immer: „Thorsten? Auch, der tut sich nie was, der ist doch unser Eisenmann."

Wundern Sie sich bitte nicht, wenn ich ein wenig in Erinnerungen schwelge. Ich liebe die Bilder aus meiner Jugend, jetzt, da sich der Ausgleich auf mich gestürzt hat und ich nach dem Pfleger klingeln muss, nur um aufs Klo zu gehen. Für alles muss ich erst klingeln. Das ist auf eine Art wirklich eine Erlösung. Endlich kümmert sich jemand mal um mich, weil ich eben nicht immer der Kerngesunde bin. Aber glauben Sie mir, wenn Sie mich sehen könnten, dann würden sie die Hände über dem Kopf zusammenschlagen und sich abwenden. Die Abzahlung meiner damaligen Gesundheit ist in der Tat äußerst hart ausgefallen. Es gibt Tage, an denen ich mich nur fragen kann, weshalb das Schicksal ausgerechnet mich ausgesucht hat. Oder weshalb ausgerechnet diese Art der Rückzahlung. Ich weiß natürlich, dass ich dankbar sein sollte für mein bisheriges Leben, das so unglaublich ungetrübt verlief. Aber um solche Gedanken kommt man nicht herum. Ja, ich wünschte, es hätte mich nicht so getroffen.

Allerdings möchte ich jetzt nicht in Selbstmitleid verfallen. Sie wollen meine Geschichte hören, deshalb sind Sie doch hier. Nehmen sie sich einen Stuhl. Ich muss mich nur kurz ein wenig kratzen. Wissen Sie, das Allerschlimmste sind die Verbände. Ich hatte so lange keine Berührung mit diesem Mullzeug, dass ich gar nicht wissen konnte, wie sehr es jucken kann, wenn der Kram erst mal eine Zeit auf der Haut liegt.

So, jetzt können wir. Wo fange ich denn am besten an? Ach ja, über meine Kindheit wissen Sie ja nun halbwegs Bescheid. Auch wenn ich eben nicht das brave Kind war, wie man hätte vermuten können, ist schließlich doch etwas aus mir geworden. Einigermaßen zumindest. Nach der Schule habe ich studiert und bin ein paar Semester später Rechtsanwalt geworden. Während meiner Studentenzeit habe ich auch meine damalige Frau kennen gelernt. Petra. Ich habe sie über alles geliebt.

Doch mit meinem Job war ich absolut nicht zufrieden. Ja, es lief alles in geordneten Bahnen. Meine Eltern waren so stolz auf mich. Aber es war letztlich nicht das, was ich selbst wollte. Wahrscheinlich haben Sie recht, wenn Sie jetzt denken, dass das wilde Kind in mir später wieder aufgetaucht ist. In der Tat hatte ich damals dieses Gefühl, dass mir ja absolut gar nichts passieren könne. Nicht umsonst nannte man mich ja ‚Eisenmann'. Diese Zuversicht habe ich dann auf mein ganzes Leben übertragen. Es reichte nicht mehr, dass ich von Mauern springen konnte, ohne mich zu verletzen. Ich wollte aus ganz anderen Höhen abspringen. Also kündigte ich meinen Job und begann zu schreiben. Ja, es stimmt, ich habe ihnen nicht erzählt, dass ich eine Vorliebe für Literatur hegte, weil ich sonst gelogen hätte. Normalerweise haben Schriftsteller schon in frühester Jugend diesen Traum von der eigenen Buchveröffentlichung. Aber ich nicht. Ich hatte bis zu diesem Zeitpunkt ausschließlich die Pflichtlektüre in der Schule gelesen und die auch nur zur Hälfte, sowie meine Rechtsbücher. Aber es schien mir plötzlich das einzig Richtige für mich zu sein. Wenn ich ehrlich bin, dann ist meine damalige Frau nicht ganz unschuldig an dieser Wandlung. Sie verehrte diesen jungen Schriftsteller, der immer so feine Liebesgeschichten schrieb. Und immer wenn es zum Streit zwischen uns kam, bemängelte sie meine Nüchternheit. Ich könne ja gar nicht sensibel und gefühlvoll sein, weil ich eben nur logisch funktioniere und nicht mit dem Herzen denke. Eines Tages schnappte ich mir dann einen ihrer Romane. Ich muss sagen, dass ich gar nicht so schlecht unterhalten war. Doch mir fiel während der Lektüre immer wieder auf, dass ich dies und das unbedingt anders geschrieben hätte. Daraus wurde dann letztlich mein Wunsch zu Schreiben geboren. Petra verspottete mich in meiner Anfangszeit, als ich noch in meiner Freizeit schrieb. Sie lachte über mich, weil mein Experiment einfach scheitern müsse, da ich kein Gefühlsmensch sei und deshalb auch nicht genügend Seele habe, um einen Roman verfassen zu können. Ich kann Ihnen sagen, sie irrte sich sehr. Um mein erstes Werk zu vollenden, gab ich mein Rechtsanwaltsdasein auf und widmete mich gänzlich dem geschriebenen Wort. Petra war besorgt. Ich veröffentlichte ein halbes Jahr später. Petra zog aus. Natürlich war mein Buch nicht der riesige Erfolg, wie manch ein angehender Schriftsteller es sich in seinen Träumen ausmalt. Aber es war immerhin Erfolg genug, dass ich von da ab regelmäßig veröffentlichte. Mein Abenteuer glückte und ich landete wieder auf den Füßen, ohne mir etwas zu brechen. Allerdings musste ich dennoch das Haus aufgeben, denn allein konnte ich es als Autor nicht mehr unterhalten. Ich zog in eine kleine Mietwohnung. Petra ließ sich scheiden und heiratete neu. Ich lebte fortan nur für meine Geschichten. Ich schrieb und schrieb, ohne auf etwas anderes zu achten. Mit neununddreißig erschien dann mein zehnter Roman. Ich sah mich wieder nach einem Haus um. Wissen Sie, ich war schon immer ein Mensch, der nicht allzu gut mit anderen um sich leben konnte. Ein eigenes Haus war mir stets das Wichtigste, um mich selbst frei zu fühlen. Und auch wenn mir als Rechtsanwalt der Luxus eines Hauses schnell zuteilgeworden war, brauchte ich diese Art von Ruhe erst recht als Schriftsteller. Ich denke, ein Autor kann sich durchaus glücklich schätzen, wenn er es schafft, sich von seinen Buchverkäufen ein kleines Haus zu kaufen. Und bitte stellen Sie sich wirklich nur etwas Kleines vor. Es war vielleicht mehr eine Bruchbude als alles andere. Aber dennoch war es mein eigenes Haus, meine Zuflucht, meine Garantie für Ruhe.

Mit dem Umzug änderten sich schlagartig auch meine Geschichten. Bislang hatte ich diese schöne Literatur verfasst, die meine damalige Frau so sehr beweihräuchert hatte. Im neuen Haus wollten mir die Liebesgeschichten aber einfach nicht in den Sinn kommen. Aus heutiger Sicht vermute ich, dass es sicher auch an der düsteren Atmosphäre des Hauses lag. Aber stellen Sie sich jetzt bitte kein Geisterhaus vor, das wäre eindeutig zu viel. Es war viel mehr so, dass das Gebäude renovierungsbedürftig war, ich aber kein Geld und keine Lust hatte, diese Renovierungen durchzuführen. Die Wände waren teilweise noch mit sehr altmodischen Tapeten beklebt und alles hatte dieses alte Aussehen, so als ob jahrelang niemand dort gewohnt hätte. Ich mochte es so. Nur meine Muse versagte bei meiner bisherigen Literaturrichtung. Dafür fielen mir plötzlich zahllose Gruselgeschichten ein. Mein Verleger bekam fast einen Herzinfarkt, als ich ihm schließlich meinen elften Roman vorlegte und dieser absolut nicht zu meinen bisherigen Werken passte. Sie kennen das sicher, wenn Sie ein Buch gelesen haben, das von Liebe und Glück handelt und am Ende natürlich alles gut wird, dann merken sie sich den Autor und kaufen noch eins von ihm, sofern Sie überhaupt damit zufrieden waren. Wenn das zweite Buch nun aber vollkommen anders ist, keine Liebesgeschichte beinhaltet, anstatt Glück eine düstere Atmosphäre bietet und das Ende alles andere als happy ist, dann werden Sie wahrscheinlich entsetzt sein. Zumindest argumentierte mein Verlag so. Ich musste das Buch später unter Pseudonym herausbringen. Freundlichst bat man mich darum, wieder zu meiner alten Stärke, zu den Liebeswälzern, zurückzufinden, denn der Horrorroman verkaufte sich ohne meine Fangemeinde natürlich nicht besonders gut. Aber Sie ahnen es schon. Unter meinem richtigen Namen wurden lediglich zehn Romane veröffentlicht. Und dabei wird es wohl bleiben, selbst wenn ein Wunder geschieht und ich überlebe.

Geschrieben habe ich natürlich weiterhin, wie es sich für einen Autor gehört. Ich ersann eine Absurdität nach der anderen, schrieb böse Horrorgeschichten und unheimliche Romane, an deren Ende immer der Tod wartete, oder noch viel Schlimmeres. Es machte mir sogar Spaß, meine imaginären Leser zu schocken und immer wieder mit neuen Ekelhaftigkeiten zu belästigen. Vielleicht wird nach meinem Tod ja ein Teil dieser Werke veröffentlicht. Ich kann es mir nur für Sie wünschen. Wissen Sie, es gibt keinen besseren Horrorschriftsteller, als jener, der mit sich vollkommen zufrieden und glücklich ist. Menschen, die Schlimmes erlebt haben, könnten niemals wirklich grauenerregende Geschichten schreiben, weil sie nach Harmonie suchen. Ich als glücklicher Schreiber fand schließlich meine Erfüllung in den fiesen Erzählungen, die sich aus mir ergossen. Sicher auch ein Teil im großen Zyklus des Ausgleichs.

Draußen im Hof tauchten dann pünktlich zum Sommeranfang die ersten Jungen auf, die sich auf der großen Wiese spielerisch die Zeit vertrieben. Erst versuchten sie, Drachen steigen zu lassen. Später sah ich sie, wie sie eine kleine Fußballmannschaft auf die Beine stellten. Auch wenn das Grundstück zu meinem Haus gehörte, hatte ich nichts dagegen, den Jungen ihren frisch gefundenen Spielraum zu gönnen. Ich genoss es sogar, ihnen manchmal beim Toben und Raufen zuzusehen. Sie erinnerten mich immer an meine eigene Jugend. Und Erinnerungen sollte man stets pflegen.

Als das Gras wieder zu wachsen begann, bot ich ihnen einen Handel an. Ich wollte, dass sie meinen Rasen mähten, wenn sie weiterhin auf meinem Grundstück spielen wollten. Neben dieser offiziellen Genehmigung, die Jungs sahen mich bis dato immer ängstlich an, wenn ich das Haus verließ, versprach ich ihnen, einen Fußball oder Ähnliches bereitzustellen. Sie waren begeistert. Und erstaunlicherweise war mein Rasen den ganzen Sommer über immer gemäht. Manchmal sogar so kurz, dass Flecken von brauner Erde in gewissen Abständen auftauchten. Dafür durften sie einmal im Monat mit mir um Spielgerät verhandeln. Es machte mir immer eine Menge Spaß. Und im August war es dann die Baseballausrüstung. Sie hatten im Fernseher etwas über diesen Sport gehört und wollten nun ebenfalls eine solche Mannschaft gründen. Wenn ich ehrlich bin, dann war ich mit diesem amerikanischen Zeug restlos überfragt. Aber am Ende hatten sie mich so weit und ich kaufte im Sportladen einen Schläger, Bälle und Handschuhe. Sogar eine Anleitung gab man mir kostenlos dabei. Die darauf folgenden Tage verbrachte ich oft am Fenster, um sie ein wenig zu beaufsichtigen. Ich hatte ein paar Bedenken des Holzschlägers wegen. Wenn man Horrormärchen schreibt, dann sieht man irgendwann in jeder alltäglichen Situation den Schrecken. Allerdings hatte ich mir zu diesem Zeitpunkt das Unheil gänzlich anders vorgestellt, als es letztlich eintraf. Aber ich will nichts vorwegnehmen. Die Jungen spielten jedenfalls ganz vernünftig mit dem bereitgestellten Material und ich sah ihnen amüsiert zu, wie sie immer und immer wieder den Ball verfehlten.

Eines Tages, es war Mitte Herbst, entdeckte ich dann diese fürchterliche Spinne vor meinem Fenster im Schreibzimmer. Ich muss dazu sagen, dass mein Schreibzimmer auch zugleich mein Schlafzimmer war. Eigentlich bin ich gar nicht der Typ, der sich sonderlich vor Spinnen ekelt. Aber dieses Exemplar war einfach gigantisch und versetzte mir einen richtigen Schock, als es plötzlich in mein Blickfeld lief. Erst als ich mich langsam erholt hatte und mir das Vieh genauer ansah, bemerkte ich, dass es gar nicht *vor* meinem Fenster hing, sondern genau zwischen den beiden Glasscheiben. Mein Haus war mit recht alten Fenstern ausgestattet, aber immerhin mit Doppelverglasung, aber denken Sie nicht an diese modernen Dinger. Und eben genau in diesem Zwischenraum hing die Spinne und bastelte an ihrem Netz. Ich kann Ihnen versichern, dass ich das fürchterliche Insekt auf der Stelle umgebracht hätte, wenn ich daran gekommen wäre. Aber so war ich gezwungen, den Anblick des Tieres zu ertragen. Und es dauerte nicht lange, da war diese Spinne mir sogar Inspiration für eine außergewöhnlich schreckliche Geschichte. Fortan sollte sie Aquila heißen. Ich verfasste noch vier weiter Geschichten mit Aquila, die ich allesamt als besonders gelungen betrachte, da besonders gut geeignet, dem Leser den Schlaf zu rauben. Das Schlimme war nur, dass diese Geschichten zum ersten Mal auch mir unheimlich waren. Meine Abneigung gegen das Insekt wuchs von Tag zu Tag. Aber je mehr ich mir wünschte, dass Aquila eines Tages einfach verschwunden sein würde, desto beharrlicher saß das achtbeinige Wesen an seinem Platz im Fenster. Schließlich begann ich sogar, schlecht zu träumen. Überall tauchte Aquila auf, ließ mich nicht in Ruhe, machte mir Angst. Es war eine Art ängstliche Besessenheit. Alles, was ich tat, alles, was ich dachte, lag immer unter dem Schatten von Aquila. Ich bekam

Schlafstörungen, ging morgens total erschöpft ins Bett und schrieb des Nachts manisch an meinem Roman, den ich natürlich voll und ganz der Spinne widmete. Manchmal schlief ich über dreißig Stunden nicht, bekam trotz allem nur unruhig und viel zu wenig Schlaf. Ich schrieb und schrieb. Und Aquila hing an ihrer Stelle und bewachte mich. Mit der Zeit verlor ich mich gänzlich in diesem Chaos aus Wachsein und unregelmäßigen Schlaf. Wenn ich wach war, dann hatte ich zu einem gewissen Teil immer das Gefühl zu schlafen. Ein Nebel durchzog mein Blickfeld und alles war irgendwie verschwommen. Wenn ich aber mal Schlaf bekommen konnte, so blieb ein anderer Teil stets wach, so dass ich niemals wirklich erholt erwachte.

Am dreizehnten Oktober geschah es dann endlich. Ich stand an diesem Freitag nach Vollendung meines Aquila-Romans todmüde auf und schwankte zu meinem Bett. Als ich schließlich in totaler Erschöpfung einschlief, war mein letzter Gedanke: „Jetzt hast du es geschafft. Jetzt muss Aquila zufrieden sein." Und tatsächlich schlief ich an diesem Morgen voll und ganz ein. Ich träumte nicht, wie sonst immer und ich wälzte mich nicht von einer Seite zur anderen. Ich schlief einfach, und das sogar unsagbar tief und fest. Satte vierundzwanzig Stunden später erwachte ich dann allmählich aus meinem Totenschlaf. Es war kalt, Wind pfiff durchs Zimmer. Draußen brach ein neuer Morgen an. Ich brauchte fast eine halbe Stunde, bis sich meine Lieder von dieser langen Ruhepause erholt hatten und ich die Augen ohne unangenehmes Brennen offen lassen konnte. Und dann sah ich plötzlich mein Schicksal. Der Grund für die Kälte ließ mich mehr frösteln, als es die eisige Zugluft vermochte. Das Fenster war zersplittert. Vom Wahnsinn gepackt sprang ich aus dem Bett. Meine nackten Füße traten in die zahllosen Splitter, die sich in meine Sohlen schnitten. Doch ich merkte davon nichts. Fassungslos blickte ich immer wieder auf die zertrümmerten Glasscheiben, die sich noch im Fensterrahmen hielten, dann auf den Boden, wo die Scherben sich tummelten und schließlich an die gegenüberliegende Wand, an der ein Baseball zum Liegen gekommen war. Das alles erleichterte mich etwas. Im ersten Moment hatte ich tatsächlich gedacht, dass Aquila eigenständig aus ihrem Gefängnis ausgebrochen sei. Es war aber nicht so. Trotzdem suchte ich den Boden unruhig nach der Spinne ab, trat dabei durch das Glas, als wäre es normal und färbte den Boden rot. Irgendwann drang der Schmerz aber doch zu mir empor und ich ließ mich jammernd in meinen Schreibsessel sinken. Aquila war fort. Was hatte ich denn erwartet? Dass sie sich weiterhin an ihrem Platz im

Fenster hält? Das war dämlich. Ich hatte mich die letzte Zeit über zu sehr in diese Aquila-Geschichte hinein gesteigert. Das hatte nun alles ein Ende. Mein Roman war fertig, die Spinne war fort und ich war endlich wieder frei. Und als ich etwas später meine Füße abwusch, stellte ich nicht allzu erstaunt fest, dass die Wunden nicht der Rede wert waren. Wie sollte es auch sonst sein, ich war schließlich der ‚Eisenmann'. Ich wartete, bis die Blutung einigermaßen zum Stillstand gekommen war, zog mir dann ein paar alte Socken an und begann den Tag wie immer, wenn ich einen Roman fertig hatte: Ich gönnte mir ein fulminantes Frühstück und setzte mich erst mal vor den Fernseher, um das Geschehen in der Welt ein wenig aufzuarbeiten.

Gegen Mittag hatten sich meine Füße wieder erholt, zumindest konnte ich ohne nennenswerten Schmerz laufen, was mich auf die Idee brachte, die Glasscherben im Schreib- und Schlafzimmer wegzuräumen. Ich ging also wieder nach oben, besah mir den Schaden und sammelte vorsichtig die scharfen Splitter ein. Danach wischte ich kurz durch den Raum und überlegte mir, wie ich am besten das zerstörte Fenster vorerst abdichten könnte, als mein Blick auf das zerwühlte Bett fiel. Ich schnappte mir die Decke und zog sie beiseite, um mein Nachtlager wieder herzurichten. Meine

Aufmerksamkeit wurde aber augenblicklich auf etwas Schwarzes gelenkt, das gleich unterhalb meines Kopfkissens lag. Aquila. Vor Entsetzen schrie ich auf und ließ die Decke fallen. Sämtliche Haare auf meinem Körper sträubten sich. Hatte ich es doch gewusst! Sie war zu mir gekommen, als sie die Chance dazu hatte. Angewidert suchte ich nach etwas, mit dem ich das Tier gefahrlos anstupsen könnte – fand aber nichts. Dann näherte ich mich langsam. Aquila lag auf dem Rücken. Das konnte nur bedeuten, dass sie tot war oder sich tot stellte. Ängstlich zog ich das Laken glatt, um das Vieh noch besser im Auge halten zu können. Alarmiert dachte ich darüber nach, dass sich Aquila plötzlich verstecken könnte, was mir einen ruhigen Aufenthalt in diesem Zimmer fortan unmöglich machen würde. Aber Aquila regte sich nicht. Die Gewissheit, dass die Spinne tot war, festigte sich langsam. Schließlich löste ich mich ganz von meinen Befürchtungen und nahm ein Schreibmaschinenpapier, schob es unter den achtbeinigen Körper und warf das leblose Wesen aus dem eingeworfenen Fenster hinaus. Die nächsten zwei Tage quälte mich nur noch der Gedanke, dass Aquila mit mir gemeinsam im Bett gelegen hatte. Stellen Sie sich das Mal vor. Da hatte ich meine erholsamste Nacht seit langem und unbewusst schlief ich mit dieser Spinne, der Grund meiner

Schlaflosigkeit, Kopf an Kopf. Das war doch grotesk! Aber auch dieser scheußliche Gedanke hielt sich nicht ewig, sondern verblasste mit jeder Stunde. Und schließlich war ich wieder ganz der Alte. Ich schrieb die ein oder andere Schauergeschichte und plante mein nächstes größeres Werk.

Mein Verlag weigerte sich allerdings, meinen Roman „Aquila" zu veröffentlichen. Sie wollten nicht ein weiteres Werk unter meinem Pseudonym herausbringen. Man sagte mir, dass ich wisse, was allgemein von mir erwartet würde. Aber mal ganz ehrlich: Würden Sie ausschließlich das tun, was von Ihnen erwartet wird? Also ich nicht. Und so verlor sich die enge Zusammenarbeit mit meinem Verleger und ich begann die Suche nach einem anderen Verlag, der bereit wäre, meine neuen Schriften an die Öffentlichkeit zu bringen. Ich verhandelte mit einigen Großen aus der Branche, aber auch für halbwegs etablierte Schriftsteller ist der Verlagswechsel, zumal unfreiwillig, nicht ganz einfach. Ich bekam einige Angebote von kleinen Verlegern, die mitbekommen hatten, dass ich auf der Suche war, doch die Konditionen waren nicht so, wie ich sie mir vorstellte. Ein besonders Pfiffiger bot mir sogar an, dass ich für die Veröffentlichung meiner neuen Werke lediglich einen fast fünfstelligen Spottpreis bezahlen sollte. Aber ich schweife ab ...

Sie haben ja recht, ich sollte langsam mal zum Punkt kommen. Denn mit einem Punkt fing mein Kranksein schließlich an. Es war mitten im Winter und mein Fenster war längst wieder repariert, als ich zum ersten Mal einen kleinen Punkt an meinem Hals bemerkte. Es war ein rötlicher Fleck, der Ähnlichkeit mit einem Pickel hatte. Natürlich dachte ich mir nichts dabei. Wie sollte ich auch. Ich war bisher mein ganzes Leben lang nie krank gewesen. Und Pickel konnte man schließlich auch im Erwachsenenalter bekommen. Einen Tag später war ich mir dann sicher, dass es sich um einen ganz harmlosen Pickel handeln müsse. Ein erröteter Hügel hatte sich auf der rechten Seite meines Halses gebildet. Mir machte das absolut nichts aus, schließlich trug man um diese Jahreszeit einen Schal. Zwei weitere Tage später bekam ich dann einen zweiten Pickel – genau neben dem Ersten. Dann noch einen. Langsam schwoll mein Hals etwas an. Richtig, Sie haben es erraten: Ich bin natürlich immer noch nicht zum Arzt gegangen, weil ich einfach so sehr daran gewöhnt war, der ‚Eisenmann' zu sein. Was sollte ich denn von mir selbst halten, wenn ich plötzlich wegen dieser Wehwehchen nervös würde. Eine Woche später war ich dann aber tatsächlich beunruhigt. Mein Hals hatte entsetzlich zu jucken begonnen und die Pusteln waren bis zu meinem Rücken vorgedrungen. Vereinzelt wagten sie sich sogar bis zur Stirne hoch. Jetzt war der Zeitpunkt gekommen, an dem auch ein ‚Eisenmann' wie ich an einen Arztbesuch dachte. Schließlich befanden sich die Rötungen nun auch für alle offensichtlich in meinem Gesicht, was mir durchaus unangenehm war. Ich bekam eine Salbe, die ich drei Mal täglich auflegen musste. Es war eine große Linderung, als der Juckreiz nachließ und dann sogar gänzlich verschwand. Die Pickel blieben allerdings, breiteten sich aber nicht weiter aus. Der Arzt schien mit diesem vorläufigen Ergebnis zufrieden und empfahl mir, die Salbe wann immer möglich aufzutragen. Ich folgte seinen Anweisungen, verließ so selten wie es irgend ging mein Haus und kümmerte mich ernsthaft um mein Leiden. Nach zweiwöchiger Anwendung hatte ich zum ersten Mal das Gefühl, dass die Schwellung abklang. Es sah schon gar nicht mehr so schlimm aus. Ich freute mich riesig über den Erfolg, wenn der auch etwas spärlich ausfiel, und hatte Hoffnung für die Zukunft. Fast hatte ich schon befürchtet, immer mit dieser Entstellung herumlaufen zu müssen. Feierlich genehmigte ich mir an diesem Tag eine Flasche Sekt bei einem Fernsehabend. Zufrieden schlief ich später ein.

Aufgewacht bin ich dann erst wieder hier in diesem Zimmer. Die Jungen, denen ich den Zwischenfall mit der Scheibe natürlich verziehen hatte, waren aufmerksam geworden, weil sie mich gar nicht mehr sahen. Es muss aber dennoch wohl knapp eine Woche gedauert haben, bis man mich aus meinem Schlafzimmer geholt hatte. Was mir letztlich fehlte, darüber schweigen sich die Ärzte bis heute aus. Wohl irgendeine Schockreaktion oder so was. Ich werde aber nicht müde, sie zu fragen, was ich denn nun für eine Krankheit habe – darauf können Sie sich verlassen. Es muss wohl eine extreme Art von Ekzem sein. Eine allergische Reaktion. Aber Genaues dürfe ich von der Medizin im Moment nicht erwarten. Jedenfalls hat sich mein Leiden während der Woche, in der ich bewusstlos war, über den gesamten Körper ausgedehnt. Es juckt ganz schrecklich. Es gibt nicht einen Fleck Haut meines Körpers, der nicht mit weißem Mull eingedeckt ist. Sogar meine Finger sind fein säuberlich verbunden, sodass ich mich nicht mal anständig kratzen kann. Natürlich verbieten mir die Ärzte dies auch ständig. Das würde den Heilungsprozess verzögern, sagen sie. Aber wenn Sie mich fragen, dann glaube ich gar nicht mehr an Heilung. Ich liege jetzt schon fast einen Monat hier und bisher ist es Tag für Tag schlimmer geworden. Morgens kommt der Pfleger rein und wechselt in einer endlosen Prozedur die zahllosen Mullbahnen, die meinen Körper zu einer Mumie machen. Dazu stellt er immer einen kleinen Tisch über meinen Bauch, auf dem er sein Material ablegt. Er fängt grundsätzlich mit meinem linken Fuß an. Sobald dieser frei ist, öffnet er die Spezialsalbe, die so scharf ist, dass die Dämpfe den Augen gefährlich sind. Der Pfleger zieht dann eine Maske über und legt mir einen Augenschutz über das Gesicht. Ich kann nichts sehen und muss in der Dunkelheit warten und fühlen. Wie gern würde ich einfach nur meine geschundene Haut berühren, drücken und vielleicht kratzen. Die Salbe verschafft mir einen kurzen Moment Erleichterung. Später, wenn mir der Augenschutz wieder abgenommen wird, liegt mein Körper vollkommen mumifiziert unter einer festen Decke, die dafür sorgt, dass das Cremezeug besser auf mich einwirkt.

Aber wissen Sie was? Es gibt keine Heilung. Ich weiß es. Es kribbelt und juckt von Tag zu Tag mehr. Wenn ich ehrlich bin, dann habe ich gar keinen Lebensmut mehr. Ich will diese Prozedur nicht länger über mich ergehen lassen. Ich möchte den Ausgleich nicht länger ertragen müssen. Aber glauben Sie nicht, ich hätte nicht gemerkt, was mir in diesem Krankenhaus die ganze Zeit vorgespielt wird. Alle sind so grenzenlos freundlich zu mir, egal welchen Wunsch ich auch habe, und wenn ich das hundertste Mal in einer Stunde nach der Schwester klingele. Ich weiß sehr genau, dass auch die Ärzte für mich wenig Hoffnung haben. Ich sehe es in ihren Gesichtern, wenn sie mir Besserung attestieren. Ich merke genau, dass der Pfleger sich Mühe gibt, mir den Blick auf meinen Fuß zu versperren, dass der Augenschutz nur Betrug ist, denn immer wenn ich meinen Schutz aufhabe, höre ich, wie der Pfleger seine Maske ganz vorsichtig wieder entfernt, bevor er seine riesigen Handschuhe anzieht. Nein, ich weiß, dass hier alles nur gespielt wird. Sie wollen vielleicht nicht, dass die Wahrheit mich so hart trifft. Möglicherweise haben sie aber in mir auch ein gutes Forschungsobjekt gefunden. Was auch immer, ich werde meiner Neugier endlich ein Ende bereiten. Ich werde den Verband lösen und mich zu guter Letzt kratzen, weil es verflucht noch mal extrem juckt. Ich werde meine Sachen packen und zurück in mein Haus gehen. Dort werde ich dann in aller Ruhe auf meinen Tod warten, bis sich der Ausgleich erfüllt hat.

Auf Zimmer 13 in Haus 5 begann ein Schwerstpatient damit, seinen Verband vom Arm zu lösen. Als die ersten kleinen Spinnen aus einer Eiterschicht hervorbrachen, begann er zu schreien und hörte bis zu seinem Tod nicht mehr auf.

Samson

Nicole sah erschrocken auf ihre Uhr. „Nein, das darf doch nicht wahr sein!", durchfuhr es sie. Aber ihre Uhr log nicht. Sie würde wiedereinmal zu spät kommen. Nur, was sollte sie tun, immerhin saß sie noch in einer Lateinvorlesung, dafür würde Lars Verständnis haben müssen. Leider wusste sie schon jetzt, dass Lars in Wirklichkeit absolut kein Verständnis haben würde. Er hatte sie letzte Nacht kurz nach ein Uhr angerufen und sie gebeten, nach der Uni doch schnellstmöglich zu ihm zu kommen. Irgendetwas Wichtiges. Sie hatte natürlich zugesagt, wie sollte es auch anders sein. Wenn man nicht für seine Freunde da sein konnte, dann konnte man sich auch gleich vergessen. Dieses Motto schrieb sie sehr groß. Allerdings passte es ihr trotzdem nicht so recht, dass Lars sie so unter Beschlag nahm. Immer hatte er irgendetwas, was er ihr ganz dringend erzählen musste. Und sie hatte dadurch natürlich immer Stress, weil sie kaum mehr alles unter einen Hut bekam. Aber das Ganze wäre halb so wild, wenn Lars nicht immer gleich so eingeschnappt sein würde, wenn sie sich verspätete. Und das tat sie nun mal recht häufig.

Wieder sah sie auf ihre Uhr. „Mein Gott, das darf doch nicht wahr sein!", dachte sie abermals. „In dieser Woche habe ich doch nur eine Stunde!" Ängstlich kramte sie in ihren Unterlagen. Ein dumpfes Gefühl machte sich in ihr breit. Sie hatte sich in diesem Semester schon einmal mit den geraden und ungeraden Wochen vertan. Und wie sollte es anders sein: Als sie endlich ihren Terminplaner in der Hand hielt, hatte sie ihren Fehler schwarz auf weiß vor Augen. „Nein", stöhnte sie entsetzt.

„Frau Müller? Haben sie eine Frage?" Die Professorin sah sie fordernd an. Ihr Lächeln entglitt etwas. Nicole war schon des Öfteren durch ihr Zuspätkommen bei ihr aufgefallen und Prof. Winkel war diesbezüglich nicht gerade verständnisvoll.

„Nein, es ist alles in Ordnung."

Die Professorin lächelte immer noch ihr missratenes Lächeln, wand sich dann aber schließlich ab. Nicole atmete auf. Eilig versuchte sie ihr Handy hervorzukramen, um Lars wenigstens eine kurze Nachricht zukommen zu lassen, dass sie sich um eine Stunde verspäten würde. Das tat sie natürlich immer, wenn es absehbar war, dass sie ihre Termine nicht einhalten konnte. Der Pincode wurde verlangt. Routiniert gab sie ihn ein. Und kaum erschien das gewohnte Display, piepste ihr Handy auch schon los. Entsetzt zuckte sie zusammen und hielt beide Hände um das Gerät, um die Lautstärke wenigstens etwas zu dämpfen.

„Frau Müller, haben sie vielleicht doch eine Frage?"

Prof. Winkel lächelte sie wieder an, diesmal so schief, dass es eindeutig mehr Fratze als Gesichtsausdruck war.

„Wie kann sie nur wissen, dass das mein Handy war?", fragte Nicole sich kurz, antwortete aber schnell: „Nein, das ist mir alles klar." Im gleichen Moment fiel ihr aber schon auf, dass ihr eigentlich gar nichts klar war. Sie hatte lediglich die ersten zehn Minuten aufgepasst und danach ihren Tagträumen nachgehangen.

„Vielleicht übersetzen sie uns dann mal den nächsten Satz, wenn sie so wenig Probleme damit haben."

Alles wartete. Prof. Winkel zog nun auch die andere Seite ihres Mundes nach unten, was ihr einen sehr herrischen und boshaften Ausdruck verlieh. Sie war eindeutig verärgert. Nicoles Gesicht wurde mit einem Mal sehr heiß. Gewiss, dass sie keine Chance hatte, etwas zu übersetzen, was auch nur ansatzweise richtig hätte sein können, senkte sie ihren Kopf zum Text. Eigentlich wusste sie noch nicht mal, was der nächste Satz gewesen wäre. Im Hörsaal war es ungewöhnlich still. Prof. Winkel schien es diesmal wirklich darauf anzulegen, sie schmoren zu lassen.

„Zeile sechsundzwanzig", flüsterte ein Kommilitone ihr zu, der eine Sitzreihe vor ihr saß.

„Herr Wendland, Frau Müller ist sicherlich nicht auf ihre Hilfe angewiesen." Herr Wendland, ein Student, den Nicole nur flüchtig vom Sehen kannte, drehte sich wieder nach vorne. Jetzt war es an ihr, etwas zu sagen. Alles wartete darauf. Doch Nicole hatte beim besten Willen keine Ahnung – und den Willen hatte sie im Grunde auch nicht.

Mit einem Ruck schlug sie plötzlich ihr Lateinbuch zu und erhob sich. Hastig stopfte sie ihre Sachen in den Rucksack, schnappte sich ihre Jacke und machte sich daran, den Saal zu verlassen. Eigentlich wollte sie es vermieden haben, Prof. Winkel noch ein Mal anzusehen, doch das Räuspern, das mehr Vorwurf war, als jedes gesprochene Wort, zwang sie förmlich dazu. Wieder dieses schiefe Lächeln, diesmal mit etwas Phantasie sogar freundlich, vielleicht zu freundlich.

„Ich werde sie dann wohl nächstes Semester in ebendiesem Kurs wiedertreffen, Frau Müller." Die letzten Worte wurden von der deftigen Portion

Verachtung fast zerquetscht. Erst jetzt wurde Nicole bewusst, dass sie bereits schon drei Mal gefehlt hatte. Die Anwesenheitsliste für heute war noch nicht rumgegangen.

„Was ist, wollen sie uns jetzt doch noch bei der Übersetzung behilflich sein?" Prof. Winkel grinste nun triumphierend. Die Augen der gesamten Studentenschaft waren auf Nicole gerichtet. Gebannt warteten sie darauf, wie sie, Frau Müller, sich nun entscheiden würde. Dabei war schon alles besiegelt, sie würde keinen Augenblick länger in diesem Saal sitzen können, auch wenn das bedeutete, dass sie nächstes Semester nochmals dieses Seminar würde belegen müssen. Vielleicht würde es ja einen Weg geben, um Prof. Winkel herumzukommen. Aber darüber würde sie sich noch lange Zeit Gedanken machen können. Im Moment stand ihre Flucht im Vordergrund.

Entschlossen quetschte sich Nicole an den paar Studenten vorbei, die mit ihr in derselben Sitzreihe gesessen hatten und sich nun für sie erhoben. Prof. Winkel war es deutlich anzusehen, dass sie sich lediglich mit letzter Kraft beherrschte. Aber sie sagte nichts mehr. Ihre Blicke reichten vollkommen. Nicole stolperte eilig die paar Stufen zum Ausgang hinunter, stieß die Türe auf und entschwand, ohne sich nochmals umzudrehen. Dennoch wusste sie, dass die gesamte Aufmerksamkeit des Saals bis zuletzt ihr gehört hatte.

Na gut, den Kurs hätte sie wahrscheinlich eh wiederholen müssen. Bei den Defiziten, die sie aufzuweisen hatte, hätte sie für die Abschlussklausur mindestens einen Monat üben müssen, und zwar rund um die Uhr. Schon oft hätte sie am liebsten einfach aufgegeben. Sie hatte einfach keine Lust auf Latein, zumal sie in der Schule dummerweise kurz vor ihrem Latinum abgebrochen hatte. Ein mickriges halbes Jahr Schullatein! Hätte sie nur damals schon gewusst, dass sie es irgendwann einmal bereuen würde ... Aber wer konnte schon in die Zukunft sehen? Sie zumindest schon mal gar nicht. Mit einem bitteren Lächeln auf den Lippen schüttelte sie ihren Kopf. Ihr Handy meldete sich wieder mit einem schrillen Piepston. Plötzlich fiel ihr wieder die Nachricht ein, die sie noch im Lateinsaal schreiben wollte. Das Display zeigte ihr grünleuchtend an, dass zwei Nachrichten eingetroffen waren. „Ach ja, die eine SMS, die mich den Kragen bei Prof. Winkel gekostet hat", stellte Nicole trocken fest.

„Hallo Nicole, ich hoffe Du kommst nicht wieder zu spät!" Das war Nummer 1, natürlich von Lars. Allein für solche Erinnerungen hätte sie ihn wieder treten können. Die zweite Nachricht war dann selbstverständlich auch von ihm: „Wo bleibst Du denn? Ich warte!" Entnervt verdrehte Nicole die Augen und steckte das Telefon wieder ein. Sie würde jetzt nicht antworten. Nachher würde sie ihm immer noch alles erklären können und er würde sie wie immer besserwisserisch angucken und sagen: „Deine Planungen sind für'n Arsch." Und das Allerschlimmste wird sein, dass er wie immer mal recht haben würde. Schon zu Anfang dieses Semesters hatte er sie auf ihren vollen Stundenplan aufmerksam gemacht. „Mensch, Nicole, das hältst du doch niemals bis zum Ende durch! Und erst die Lateinstunde alle zwei Wochen bis um acht Uhr abends ... Am besten du schenkst dir den Kurs gleich." Und sie hatte wirklich keine Lust gehabt auf diesen Kurs, aber wie lange sollte sie denn noch im Grundstudium herumschmoren, ohne ihr Latinum zu bekommen? Am Anfang eines jeden Semesters hatte sie auch immer diese goldene Zuversicht, dass sie alles schaffen würde. Was letztendlich dabei herausgekommen war, konnte man heute ja wieder wunderbar sehen. Sie hatte nicht einmal irgendetwas in diesem Kurs mitgeschrieben. Aufgepasst hatte sie erst recht nicht. Eigentlich pure Zeitverschwendung, wie Lars es ihr prophezeit hatte.

Gedankenverloren sah sie plötzlich auf. Sie hatte die ganze Zeit kaum mitbekommen, wohin sie gegangen war, und nun befand sie ich in dem schmalen Gang, der zur Philosophischen Fakultät führte. Diesen Weg legte sie täglich mehrmals zurück (immer vorausgesetzt, dass sie auch an der Uni war), aber abends war das immer etwas ganz anderes. Tagsüber hielten sich hier sehr viele Leute auf. Die meisten benutzten diesen Gang, um in die angrenzende Cafeteria zu gelangen. Einige saßen allerdings auch immer auf den Bänken, die neben den Eingängen zu den Hörsälen aufgestellt waren, und verpesteten die Luft mit ihrem Zigarettenqualm. Heute Abend war der Zigarettengeruch schon verzogen. Die Lichter waren auch schon aus und Nicole konnte nur undeutlich die Türe am Ende des Ganges ausmachen. Sie mochte es absolut nicht, allein auf dem Unigelände herumzulaufen. Immer wieder hörte man, dass Studentinnen vergewaltigt worden seien. Zuletzt wohl im biologischen Institut. Ein leichter Schauer lief ihr über den Rücken. Unwillkürlich sah sie über die Schulter nach hinten. Niemand war zu sehen. Warum hatte sie nicht den Weg über den Campus gewählt, anstatt hier durch diesen verlassenen Gang zu huschen? Wenn sie jetzt allerdings noch mal umdrehen würde, um nach draußen zu gelangen, käme sie sich albern vor. Festen Schrittes setzte sie ihren Weg fort. Immerhin dachte sie jetzt nicht mehr an ihre zweifelhafte Lateinkarriere.

Eilig setzte sie ihren Weg zum Durchgang zur Philosophischen Fakultät durch. Die Türe, die sie in den Eingangsbereich des anderen Gebäudes führen würde, lag fast ganz im Dunklen. Lediglich ein Schimmer von Licht drang durch das raue Sicherheitsglas, in das aus Stabilitätsgründen ein Gittergeflecht eingelassen worden war. Das bedeutete, dass sich auch hinter dieser Türe keine nennenswerte Lichtquelle befand. Vielleicht würde der Ausgang verschlossen sein. Plötzlich hatte sie ein sehr merkwürdiges Gefühl. Ängstlich drehte sie sich um. Sie stand nun ziemlich dicht am Durchgang. Wenn der Ausgang wirklich verschlossen war, würde sie hier in der Falle sitzen. Ein bösartiger Gedanke blitzte in ihren Gedanken kurz auf: Ein Vergewaltiger konnte sich keine bessere Situation für sein Opfer wünschen. Etwas am Ende des Ganges hatte sich bewegt, durchfuhr es sie plötzlich. Sie hatte es genau gesehen. Wie blöd war sie eigentlich, dass sie nicht sofort auf den halbwegs beleuchteten Campus hinausgegangen war? Angespannt wartete sie wieder auf die Bewegung, die sich kurz zuvor an dem schattigen Gemäuer gegenüber der Cafeteria ereignet hatte. Natürlich hatte sie die Bewegung nicht genau gesehen, sondern vielmehr erahnt. Sie hatte ja nicht auf diese Stelle geachtet. Gegenüber der Cafeteria befand sich ein Aufgang zu den Sprachlaboren der verschiedenen Fremdsprachen. Das Bafög-Amt befand sich auch dort, das wusste sie, weil sie ja dort schließlich oft genug Anträge gestellt hatte. Da war es wieder! Als wenn jemand vorsichtig seinen Kopf um die Ecke streckte, um sie zu beobachten. Diesmal ganz deutlich. Ein eisiger Schauer lief ihr den Nacken hinunter. Was war, wenn das wirklich dieser irre Typ war, der Studentinnen auflauerte, um sich an ihnen zu vergehen? Aber weshalb wartete dieser Jemand dann dort hinten, um sie zu beobachten? Besonnen wand sie sich wieder der Glastüre zu. Wie zu erwarten war, ließ sie sich wie immer öffnen. Bevor sie aber in das nächste Gebäude trat, blickte sie sich noch einmal vergewissernd um. Niemand war zu sehen. Hatte sie sich vielleicht doch nur was eingebildet? Mit einem Mal war sie sich ihrer Beobachtungen nicht mehr sicher. Aber wie dem auch war, sie musste sich beeilen.

Im Laufschritt stürmte sie die paar Stufen zum Ausgang des Eingangssaals hinunter. Diesmal Türen mit normaler Verglasung, aber abgeschlossen, wie sie befürchtet hatte. Das durfte nicht wahr sein! In ihr stieg ein unerwartet heftiges Verlangen auf, einfach zu weinen. Wenn dieser Ausgang verschlossen war, würde der im nächsten Gebäude es erst recht sein. Ihr blieb also nur der Weg zurück. Ihr Magen drehte sich bei diesem Gedanken schwungvoll in ihrem Bauch um. Ihr war schlecht. Hinter ihr fiel plötzlich eine Türe zu. Ruckartig fuhr sie herum. Niemand war zu sehen. Aber sie wusste ganz genau, welche Türe gerade zugefallen war. Und sie wusste auch ganz genau, dass sie nicht mehr alleine in dieser großen Eingangshalle war. Nicole versuchte krampfhaft jemanden zwischen den Pfeilern auszumachen, welche die einzige Versteckmöglichkeit boten. Sie konnte nichts erkennen. Oder hatte sie sich das scheppernde Geräusch der Türe gerade nur eingebildet? Nein, da war sie sich sicher. Obwohl die plötzliche Stille in diesem Saal sie wieder unsicher machte. Auf jeden Fall würde sie nicht wieder die Stufen hinaufgehen und ihrem eventuellen Verfolger in die Arme laufen. Die einzige Möglichkeit, die sie nun noch hatte, war das Untergeschoss. Die Treppen lagen gleich links von ihr und führten geradewegs in absolute Dunkelheit. Dort unten befand sich die Fachschaft der Philosophie, das wusste sie von Lars, der sie schon ein paar Mal dort hin mitgeschleppt hatte. Der gegenüberliegende Gang, der von dem Fachschaftsraum wegführte, verlief wieder in das beleuchtete Gebäude, dessen Ausgang sie sofort hätte benutzen sollen.

Nicole starrte immer noch angestrengt zu den Pfeilern, die von den Studenten immer fleißig mit diversen Zetteln behangen wurden. Langsam schlich sie sich nach vorne, dem Treppenansatz entgegen, der sie ins Untergeschoss führen würde. Plötzlich bewegte sich etwas im Schatten bei den Zettelsäulen. Ihr Herz blieb fast stehen. Es war wieder diese verstohlene Bewegung, als ob nur jemand um die Ecke guckte, um ihre Position auszumachen. Aber diesmal hatte sie keinen Zweifel mehr. Die Lage war mehr als ernst. Aber warum beobachtete sie dieser Jemand nur aus der Entfernung? Ihr fiel plötzlich ein Dokumentarfilm über Löwen ein. Der König der Tiere pirschte sich auch erst langsam an sein Opfer heran, bevor er dann schließlich sein Versteck im Sprint verließ und seine Beute erfasste. Mit einem grausigen Entsetzen stellte sie sich vor, wie nun jemand hinter den Pfeilern hervorschießen und auf sie zurasen würde. Kalter Schweiß trat auf ihre Stirne. Sie konnte nur hoffen, dass sie schneller war, als ihr Verfolger. Leise schob sie sich an die linke Wand und begann mit dem Abstieg ins Kellergeschoss. Auf diese Weise konnte sie immer noch einen Großteil der oberen Etage im Auge behalten und im Notfall schnell reagieren. Angespannt beobachtete sie die Zwischenräume der Stützen, während sie weiter Stufe für Stufe abwärts glitt. Plötzlich war wieder eine Bewegung zu sehen. Diesmal nicht mehr an den Zettelsäulen, denn die konnte sie von ihrer jetzigen Position schon nicht mehr sehen. Etwas war von der ersten Säule am Anfang der obersten Treppe gebückt zur zweiten gehuscht. Der Schatten hat nur einmal kurz über das Geländer gelugt. Ihr Atem ging nun sehr viel heftiger. Eilig wischte sie die letzten Stufen hinunter, wobei sie aber immer noch darauf achtete, ihre Hektik nicht durch Geräusche zu verraten. Wenn ihr Verfolger nun plötzlich mitbekäme, dass sie davonrannte, dann würde er sicher auch nicht mehr schleichen. Und sie hatte nicht unbedingt Lust, sich einem Wettlauf stellen zu müssen.

Die Türe zum unterirdischen Gang ins andere Gebäude zurück ließ sich einfach öffnen, knirschte aber in der Stille sehr laut. Nicole hielt einen Moment inne und sah zurück. Auf dem Treppenansatz, der zu ihr hinunter führte, war nichts zu sehen. Auch war nichts zu hören. Jetzt lag es an ihr, diese Chance zu nutzen. Kraftvoll stieß sie sich nach vorne in den Gang hinein, der leicht durch winzige Oberlichter erhellt wurde. Hier befand sich eine Unzahl von Spinden, wie man sie in Umkleideräumen finden konnte. Hinter ihr knallte die Türe kraftvoll wieder zu. Panisch rannte sie an den blauen Metallschränken vorbei, die sich in der Dunkelheit schwarz und bedrohlich zu ihrer Linken aufbauten. Wenn nun jemand in einem dieser von den Schränken erstellten Winkel auf sie lauerte ... Doch diesen Gedanken konnte sie sich nicht leisten. Das Einzige, was nun wirklich zählte, war, dass sie ihren Verfolger abhängte. Und sie wollte die Türe vor ihr erreichen, bevor die Türe hinter ihr wieder aufging. Ihr Handy klingelte plötzlich. Im Laufen zog sie es hervor und drückte es aus. Sie hatte die Türe fast erreicht, als sie keuchend stehen blieb. Außer ihrem Blut, das in den Ohren pulsierte, war nichts zu hören. Immer wieder hielt sie den Atem an, um eventuelle Geräusche ihres Verfolgers möglichst früh auszumachen. Aber nichts tat sich. Die Türe am anderen Ende des Raumes blieb zu. Ängstlich hob Nicole ihr Telefon ans Ohr und wählte die Taste, auf der die Nummer von Lars gespeichert war. Das erste Tuten war kaum verklungen, als sich auch schon seine Stimme meldete.

„Was ist? Wo bleibst du denn?" Seine Stimme klang vorwurfsvoll und etwas außer Atem. Scheinbar regte er sich schon ziemlich über ihre Verspätung auf.

„Ich kann jetzt nicht richtig reden, ich werde verfolgt", flüsterte sie heiser in den Apparat. „Ich bin noch an der Uni und da ist ein Kerl hinter mir her. Kannst du ..." Abrupt wurde sie von einem Piepston unterbrochen. Erschrocken sah sie auf das Display. Akku leer. Gestern Abend hatte sie sich noch gedacht, dass es wohl für den heutigen Tag noch reichen mochte. Aber sie hatte nicht damit gerechnet, dass Lars sie so oft anrufen würde. Und jetzt stand sie nun hier.

Noch immer hatte sich die Türe am anderen Ende kein Stück bewegt. Weshalb wartete sie eigentlich hier unten? Gerade, als sie sich wieder umdrehen wollte, hörte sie ein verdächtiges Schlurfen. Aber es kam nicht aus der erwarteten Richtung. Hastig ging sie in einen dieser Gänge hinein, die durch die Spinde entstanden. Wieder hielt sie den Atem an. Plötzlich wusste sie, weshalb sie nicht weitergelaufen war. Etwas in ihr hatte sie davon abgehalten, eine unbewusste Vorahnung vielleicht. Scharniere begannen zu knarren und ein ekliges Quietschen verriet, dass sich eine Türe in den Raum hinein öffnete. Es war die Türe, die zum beleuchteten Trakt führte.

Nicole achtete konzentriert darauf, dass sie einen Schritt vor den anderen setzte, ohne einen einzigen Laut von sich zu geben. Sie musste das Ende ihres kleinen Spindganges erreichen, bevor ihr Verfolger sie sehen konnte. Wieder hörte sie ein unbedachtes Schlurfen. Dann schlug plötzlich jemand grob mit einem metallischen Gegenstand gegen einen der Schränke. Nicole zuckte zusammen und unterdrückte mit letzter Kraft den Schrei, der sich fast aus ihrem Hals befreit hätte. Der Schlag war vielleicht zwei oder drei Spindreihen von ihr entfernt gewesen. Erleichtert stellte sie fest, dass die Schränke nicht ganz bis zur Wand reichten, sondern einen gut meterbreiten Durchschlupf gewährten. Wieder traf dieser harte Gegenstand auf einen Schrank. Nicole versteckte sich am Ende ihrer Spindreihe, so dass sie nicht mehr vom eigentlichen Gang aus zu sehen war. Das Schlurfen war wieder zu hören. Ihr Verfolger befand sich nun genau vor der Spindreihe, an deren Ende sie sich versteckt hielt. Sie hatte die Augen geschlossen und krampfte ihre Finger zu festen Fäusten zusammen. „Bitte lass ihn weitergehen." Ihre Lippen bewegten sich stumm zu ihren Gedanken. Ein weiterer Schlag zerriss die Stille. Dann wieder das Schlurfen. Diesmal schneller und zielstrebiger. Ihr Verfolger ging auf die Türe zur Philosophischen Fakultät zu. Leise, leise, leise schlich sie sich den dünnen Fluchtkanal an der Wand entlang bis zur letzten Spindreihe. Das Schlurfen war mittlerweile an der Türe angekommen. Noch einmal schlug etwas gegen einen Spind am anderen Ende des Raumes. Dann öffnete sich endlich unter rostigem Geächze die Türe. Nicole schlich im Schutz des Geräusches auf ihre eigene Türe zu. Aber sie würde warten, bis die Türe gegenüber wieder zugefallen war, bevor sie auf den offenen Gang treten würde. Das erwünschte Quietschen ertönte und kurz darauf hallte das dumpfe Knallen zu ihr herüber. Jetzt würde sie wieder in die beleuchtete Halle laufen können. Doch als Nicole auf den Gang hinaustrat, der ihr freien Blick auf die andere Türe gab, blieb sie wie versteinert stehen. Am anderen Ende des Raumes stand ihr Verfolger, der gerade dabei war, sich heimlich wieder den Gang zur anderen Türe entlang auf sie zuzuschleichen. Aber diese Tatsache hielt nicht den Atem in ihrem Körper fest. Nicole sah entsetzt auf die Figur, die ihr dort gegenüberstand. Es war kein Mensch! Zumindest auf den ersten Blick nicht. Dort stand jemand, der sich in eine Art Bärenkostüm mit rundlichem Kopf gesteckt hatte. In der rechten, pelzigen Hand hielt dieses Etwas ein massives Brecheisen.

Die Zeit war plötzlich stehen geblieben. Nicoles Blick war völlig auf diese Figur gebannt, die sich langsam Schritt für Schritt weiter anschlich, als glaubte sie, noch nicht entdeckt worden zu sein. Dieses Etwas erinnerte sie zu sehr an Samson, als dass sie sich hätte regen können. Samson aus der Sesamstraße. Als Kind hatte sie immer panische Angst vor diesem gutmütigen Bären mit der dunklen Stimme gehabt. Sie hatte immer geglaubt, dass Samson diese Gutmütigkeit nur vorspielte und in Wirklichkeit gar nicht lieb war. Sie war immer der Meinung gewesen, dass Samson nur nett war, um sie nahe genug an den Fernseher zu locken, damit er sie packen konnte. Nicole schüttelte den Kopf. Sie konnte doch jetzt nicht ernsthaft an Samson denken! Die Figur setzte immer noch geräuschlos einen Bärenfuß vor den anderen. Die Brechstange in der Hand schwang bedrohlich vor und zurück. Im Grunde war es geradezu ein lachhaftes Bild, das sich da bot. Aber für sie war es keinesfalls lächerlich. Dieser Samson dort war der Inbegriff ihrer kindlichen Alpträume. Wahrscheinlich würde es ihr niemals gelingen, dieses Unbehagen dem gutmütigem Sesamstraßenbewohner gegenüber abzulegen. Und erst recht nicht jetzt, da sie wie gebannt vielleicht noch zwanzig Meter von ihm entfernt stand. Ihr Herz schien völlig stillzustehen, auch ihr Atem ging nicht mehr. Wie in einem Tunnel sah sie Samson auf sich zukommen. Verschwommen etwas. Aber dennoch gefährlich. Wenn er erst mal nah genug an sie herankam ... Packen würde er sie. Und ihre Eltern würden ihr nicht helfen. Sie würden irgendwo sitzen und nichts von alldem mitbekommen. Wie in ihren Träumen. Samson würde sie fressen, bei lebendigem Leib. Sie würde schreien und weinen. Niemand würde helfen.

Mit einem Mal knallte das Brecheisen wieder gegen einen Spind. Die Bärenfigur hatte sich beträchtlich genähert. Nicole schrak aus ihren Visionen hoch. Noch ein paar Meter. Es würde nicht mehr lange dauern, bis er nahe genug war, um sich auf sie zu stürzen. Ein Stück noch. Plötzlich holte sie wieder Luft. Ihr wurde schwarz vor Augen. Ihre Lungen brannten. Aber sie spürte plötzlich wieder Kraft in sich. Bis jetzt hatte Samson keine Eile an den Tag gelegt. Wieder traf die Eisenstange auf eine Spindwand. Peng! Und mit einem Mal warf sie sich nach hinten auf die Türe zu. Mit unglaublicher Kraft stieß sie die behäbige Metalltür auf, dass die Scharniere nur so kreischten. Vor ihr lag der rotgekachelte Eingangsbereich. Nicht mehr weit, bis zum Hörsaal. Es war ihr egal, wie die Studenten gucken würden. Und die Professorin war ihr erst recht egal. Sie wollte nur Menschen um sich haben, jetzt sofort. Sie lief so schnell sie konnte. Hinter ihr konnte jederzeit die Brechstange zum Einsatz kommen und ihren Schädel spalten. Laufen war vielleicht das Letzte, was sie tun würde, aber sie wollte nicht aufgeben.

Als sie an der großen Holztüre zum Lateinsaal angekommen war, drehte sie sich keuchend um. Die Metalltüre lag geschlossen am anderen Ende der Eingangshalle. Auf hälfte der Strecke befanden sich die beiden Aufgänge zum Erdgeschoss und somit zum Ausgang. Von Samson keine Spur. Sollte sie vielleicht doch lieber nach draußen laufen? Aber welche Chance würde sie auf dem menschenleeren Campus haben? Im Lateinkurs würde sie sicher sein. Zu viele Studenten, als dass ein Samson sie einfach so erschlagen würde. Und mit Ende der Stunde könnte sie vielleicht mit einem der Studenten fahren. Egal wohin, nur weg von diesem Bären. Auf der anderen Seite knarrte die Türe verstohlen und schob sich langsam auf. Samson trat heraus. Sein Brecheisen quietschte kurz auf der Metalloberfläche der Türe. Jetzt schritt er recht zügig auf sie zu, aber immer noch nicht wie zum Angriff. Es schien eher wie ein Spiel, so als ob er sich seines Sieges sehr sicher sei. Nicole öffnete den Zugang zum Lateinhörsaal und trat ohne zu zögern ein. Es war ihr scheißegal, was jemand hier drinnen von ihr denken würde. Vielleicht würde sie es jemanden mal erzählen, vielleicht sogar Prof. Winkel, falls die sich dafür interessieren würde. Sie legte ein Lächeln auf und sah dann nun endlich auf die Sitzreihen. Niemand befand sich mehr dort. Auch vorne, wo eigentlich die Dozentin hätte stehen müssen, war alles leer. Entsetzt sah Nicole auf ihre Uhr. Hatten sie heute dann doch früher Schluss gemacht? Theoretisch wäre das Seminar erst in gut fünfzehn Minuten beendet. Eine Vorstellung zog in ihren Gedanken vorüber: Die Studenten blickten noch sprachlos auf die zufallende Türe. Prof. Winkel war sichtlich erzürnt. Und sie war gemein. Noch ein paar Minuten würde sie sich nehmen und einige Übungen aufgeben, und dann würde sie das Seminar frühzeitig beenden, um

Frau Müller die Gewissheit zu geben, dass sie völlig umsonst früher gegangen war. Sie sollte spüren, dass ihre Aktion vollends nach hinten losgegangen war und nun ein zusätzliches Semester mit Latein allein aufgrund ihrer Dämlichkeit auf sie zukommen würde. Nicole wischte den Gedanken weg. Sie hatte keine Zeit sich nun Möglichkeiten auszudenken, weshalb die Winkel ihr Seminar doch frühzeitig beendet haben könnte. Sie saß hier allein in diesem Hörsaal in der Falle. Ein erster Impuls in ihr brachte sie fast dazu, wieder nach draußen zu laufen. Aber woher sollte sie wissen, dass Samson nicht mittlerweile direkt vor der Türe stand? Vielleicht hatte er ja mitbekommen, dass dieses Seminar bereits zu Ende war, und wartete nur darauf, dass sie ihm unters Brecheisen lief. Vor ihr befand sich eine Fensterreihe, die von der Decke bis zum Boden verlief. Der abschüssige Campus machte aus dem Souterrain auf dieser Seite ein Erdgeschoss. Das war die einzige Möglichkeit.

Sie war bereits an der Tafel vorbei, als sie hinter sich einen harten Gegenstand auf die Außenseite der Türe aufprallen hörte. Ein unterdrückter Schrei entfuhr ihr. Dann hörte sie, wie die Türe aufgestoßen wurde. Reflexartig riss sie ihren Rucksack vom Rücken und schleuderte ihn mit aller Wucht gegen die unterste Glasscheibe. Völlig unerwartet brach das Glas. Hinter ihr kam Samson nun im Laufschritt auf sie zu. Wie von Sinnen lief sie los, sprang durch das zerstörte Fenster ins Freie und lief über die Wiese auf die Straße zu. Ihren Rucksack ließ sie zurück. Vielleicht wollte dieser Verrückte ja nur ihr Geld. Die Straße war vollkommen verlassen. Aber das war zu erwarten gewesen, schließlich war es die Universitätsstraße, und um diese Uhrzeit fuhren hier nun mal selten Autos vorbei. Nur, wo sollte sie Hilfe bekommen? Ein flüchtiger Blick nach hinten verriet ihr, dass Samson aufgegeben hatte. Jedenfalls lief er nicht mehr hinter ihr her. Dennoch wollte sie auf jeden Fall in Bewegung bleiben. Und sie musste sich von dunklen Ecken fernhalten. Am besten, sie ging mitten auf der Straße bis zur nächsten Bushaltestelle, oder bis das nächste Auto an ihr vorbei wollen würde.

Überraschenderweise war sie kaum hundert Schritte gegangen, als hinter ihr Scheinwerfer aufleuchteten. Unsicher drehte sie sich auf der Straße um. Die beiden Lichtkegel waren bereits ziemlich nah und sie hörte, wie der Motor des Gefährts gedrosselt wurde. Ein seltsames Gefühl kam jäh in ihr auf. Was war, wenn Samson in diesem Auto saß? Doch das plötzliche Hupen zerstreute ihre ängstlichen Gefühle wieder. Dies war ihre Rettung. Der Wagen rollte langsam heran. Sie winkte ihm. Der Fahrer schien zu verstehen, dass sie Hilfe brauchte. Dann stand sie schließlich neben der Beifahrerseite, nahm den Griff in die Hand und öffnete die Wagentür. Wieder stieg Angst in ihr hoch. Sie beugte sich hinunter und sah in das Innere des Autos. Brauner Pelz. Erschrocken zuckte sie zurück. Er war es also doch wieder. Etwas entfernt bog ein weiterer Wagen vom Parkplatz hinter dem erziehungswissenschaftlichen Institut auf die Straße. Die Lichtkegel leuchteten herüber. Im Inneren des Wagens vor ihr regte sich was.

„Was ist denn jetzt, Mädchen, willst Du doch lieber auf den Bus warten?" Eine etwas ältere Frau beugte sich über den Beifahrersitz und sah sie an. Nicole war verblüfft. Dann registrierte sie endlich, dass die Frau lediglich einen sehr edlen, braunen Pelz trug. Das zweite Auto fuhr jetzt langsam an sie heran.

„Entschuldigung, natürlich will ich mit", rief Nicole schnell und trat wieder auf den Wagen der Frau zu, die so aussah, als käme sie von einer Gala oder was ähnlich Glamourösem. Als sie sich auf den Beifahrersitz gleiten ließ und die Türe zuschlug, hielt das andere Auto auf gleicher Höhe. Samson schaute zu ihnen hinein und winkte mit der Brechstange. Die feine Dame sah es nicht, da sie mit neugierigem und leicht ärgerlichen Blick Nicole musterte. Aber sie hatte wohl an den Augen der jungen Anhalterin gesehen, dass etwas nicht stimmte. Schnell fragte sie besorgt: „Ist etwas passiert?"

Samson fuhr weiter.

„Ja, mich hat jemand verfolgt", antwortete Nicole nur knapp. Sie wollte nicht mehr erzählen. Wer würde ihr schon glauben, dass Samson sie verfolgt hatte. Die Frau aber sah sie nun sehr interessiert an.

„So richtig verfolgt? Was wollte man denn von dir?"

„Ich weiß es nicht", log sie. Dabei wusste sie schon seit ihrer Kindheit, dass Samson nur aus Spaß töten würde.

Widerwillig fuhr die neugierige Dame los und Nicole schnallte sich an.

„Soll ich dich zur Polizei fahren?"

„Nein, danke. Es reicht, wenn sie mich irgendwo rauslassen, wo ein paar Leute unterwegs sind."

Die Pelzträgerin schien etwas enttäuscht. Vielleicht hatte sie sich ausgemalt, als Retterin dargestellt werden zu können.

„Ich bin ihnen sehr dankbar, dass sie mich mitnehmen."

Die Dame nickte.

Zehn Minuten später hielt der Wagen an der Bushaltestelle, an der Nicole hätte aussteigen müssen, wenn sie denn mit dem Bus gefahren wäre. Sie bedankte sich noch mal und ging schließlich erleichtert weg. Sie befand sich auf einer Hauptverkehrsstraße und alles war hell erleuchtet. Einige Leute waren noch unterwegs. In fünf Minuten würde sie bei Lars sein. Die nächste Seitenstraße an der Kirche vorbei, dann noch mal nach links und ein paar Treppen.

Nicole schellte. Hinter ihr lag die verlassene Seitenstraße. Sie fühlte sich mit einem Mal wieder bedroht. Das Licht sah so grau und kalt aus. Sie drückte noch mal auf den Knopf. In ihrem Kopf sah sie Samson in die Straße einbiegen und auf sie zukommen. Seine Eisenstange mit der einen Hand immer wieder in die andere schlagend, kam er genüsslich näher, sicher, dass niemand aufdrücken würde. Plötzlich ertönte neben ihr das Summen des Türöffners. Sie zuckte zusammen. Eilig lief sie in den Hausflur. Während sie die Stufen hinauflief, kam ihr der Gedanke, dass sie noch nie zuvor so eilig dieses Treppenhaus hinaufgestürmt war. Außer Atem stand sie schließlich vor der Wohnungstüre im obersten Stock. Die Türe war einen Spalt breit auf. Sie trat ein.

„Sag mal, wo warst du denn so lange?" Lars kam gerade aus dem Wohnzimmer und sah sie ärgerlich an. Dann blieb er abrupt stehen. „Ist was passiert?"

„Ich bin verfolgt worden."

„Was?" Ein ungläubiges Lachen. Nicole sah ihn ernst an. Dann schien er endlich zu begreifen, dass sie ihm keine Ausrede für ihr Zuspätkommen auftischte. „Du siehst ja schrecklich aus! Soll ich dir einen Tee machen?"

„Gern. Darf ich mich ein bisschen frisch machen?"

„Klar, weißt ja, wo alles ist."

Lars verschwand in der Küche und begann zu hantieren. Erst jetzt bemerkte Nicole, wie weich sich ihre Beine anfühlten. Müde streifte sie ihre Jacke ab und ließ sie einfach auf den Boden fallen. Sie wollte jetzt nicht mehr an Samson denken müssen, sie wollte jetzt nur noch Ruhe. Hoffentlich würde Lars das verstehen.

Das kalte Wasser in ihrem Gesicht tat gut. Sie verspürte den Drang, zu duschen. Lars würde nichts dagegen haben. Sie hatte schon oft bei ihm übernachtet und fühlte sich hier recht heimisch. Aus der Küche kamen Geräusche, die verrieten, dass Lars mehr als nur Tee machte. Vielleicht würde sie ja wirklich Hunger haben nach diesem Schrecken. Sie verließ das Bad und ging ins Schlafzimmer, um sich Handtücher zu holen. Normalerweise hatte

Lars immer welche im Bad aufgehängt. Nicole machte das Licht an. Zwei große Kleiderschränke. Wie oft hatte sie sich schon gefragt, weshalb ein Mensch zwei Kleiderschränke brauchte. Gerade, als sie den Ersten öffnen wollte, fiel ihr Blick in eine dunkle Ecke neben dem Bett. Ein Schauer lief über ihren Rücken. Dort lag etwas aus braunem Kordstoff. Ohne zu überlegen ging sie hin und griff danach. Ein vertrautes Gewicht. Sie hielt plötzlich ihren Rucksack in der Hand. Verwirrt ließ sie ihn auf das Bett fallen, dann ließ sie sich instinktiv auf die Knie herunter und sah unter das Bett. Ein großes, pelziges Bärengesicht sah sie an. Dahinter lag an schlaffer Anzug aus demselben Stoff. In der Küche fiel etwas Großes, Metallisches auf die Fliesen. Lars summte eine lustige Melodie: „Wieso, weshalb, warum, wer nicht fragt, bleibt dumm."

Der Besuch

Nachdenklich betrachtete Sandra das Foto. Vor einem dunklen Hintergrund war ein bleiches Gesicht mit kurzen, schwarzen Haaren zu sehen. Nichts Besonderes eigentlich. Aber die Augen des Jungen bohrten sich scharf in sie hinein. Obwohl es nur ein Foto war, hatte sie plötzlich das unbehagliche Gefühl, als könne dieser Junge sie wirklich sehen. Sie legte das Bild weg. So ein Schwachsinn, dachte sie bei sich und lehnte sich auf ihrer Couch zurück. Aber wirklich glauben wollte sie es nicht. Die Augen dieses Fotos ließen sie nicht los. Es waren die Augen von Tom.

Eigentlich kannte sie Tom nur aus ihrer gemeinsamen Schulzeit. Er war ein seltsamer Mitschüler gewesen, aber sie hatte ihn mehr oder weniger respektiert. Vielleicht hatte sie ihn auch gemocht, aber da war sie sich heute nicht mehr so sicher. Tom hatte sich stets dunkel gekleidet, was aber niemals hieß, dass er ein Grufti war. Es war eher diese Kleidung, die ihn unsichtbar machte für andere Leute. Sandra konnte sich nicht an eine Situation erinnern, in der andere Schüler Tom geärgert hätten. Dabei entsprach er genau dem Bild eines Opfers. Er war nicht sonderlich kräftig gebaut, hatte immer ein blasses Gesicht und bewegte sich mit seinem Tun grundsätzlich außerhalb aller Moden und Maschen der anderen. Wenn sie es genau bedachte, so war es wirklich ein Wunder, dass Tom nie in einen groben Konflikt gekommen war. Sie konnte sich noch sehr genau an andere Schüler erinnern, die mehr angepasst waren und denen teilweise übel mitgespielt worden war. Tom war schlicht unsichtbar gewesen. Und wenn er sie nicht vor einigen Monaten angerufen hätte, dann hätte sie wahrscheinlich auch nie wieder an ihn gedacht. Diese Gewissheit allein war für Sandra schon recht seltsam, denn für normal erinnerte sie sich ganz gern an ihre Schulzeit, auch wenn sie zu keinem ihrer damaligen Kameraden mehr Kontakt hatte.

Sie nahm noch mal das Bild vom Tisch und betrachtete es aufmerksam. Dies war das einzige Foto, das sie finden konnte, auf dem Tom zu sehen war. Und sie hätte es ganz sicher übersehen, wenn sie nicht ganz speziell danach gesucht hätte. Es war schon seltsam, dass es Menschen geben konnte, die einem aus dem Kopf verschwinden konnten. Sie hatte einige Klassenkameraden gehabt, die sie ganz sicher weniger leiden konnte als Tom, und dennoch konnte sie sich an diese eher erinnern. Da waren zum Beispiel diese aufgetakelten Zicken, die sie immer von oben herab angesehen hatten, als wenn sie nicht mehr gewesen wäre als ein Stück Müll. Oder diese Schleimertypen, die im Unterricht so viel Mist erzählen konnten, wie sie wollten und dennoch gute Noten dafür bekommen hatten. Wie oft hatte sie sich über solche Ungerechtigkeiten aufgeregt. Sie dachte sogar ab und zu an Veronika, die wahrscheinlich mit Abstand das unscheinbarste Mädchen der gesamten Schule gewesen war. Nicht dass sie besonders viel mit ihr zu tun gehabt hatte, nein, aber sie konnte sich an sie gut erinnern und diese kleine, graue Person fiel ihr auch noch fünf Jahre nach ihrem Abitur bei bestimmten Gelegenheiten ein. Aber an Tom hätte sie einfach nie wieder gedacht, wenn der Anruf nicht gewesen wäre. Und das war für Sandra schon recht erstaunlich, wenn nicht sogar befremdlich.

Sandra legte das Foto abermals beiseite und sah auf das Telefon in der Ecke des Wohnzimmers. Bald würde es genau vier Monate her sein, dass sie diesen seltsamen Anruf entgegengenommen hatte. Eine dunkle Stimme hatte sich gemeldet, mit der sie gar nichts anzufangen gewusst hatte.

„Hallo, kenne ich sie?", hatte sie dümmlich gefragt.

„Ja, du kennst mich." War die Antwort darauf gewesen und Sandra hatte den Impuls einfach wieder aufzulegen und nie wieder ans Telefon zu gehen mühsam heruntergekämpft.

„Ach ja? Und wer sind sie?" Sie konnte sich heute noch an ihr plötzliches Unbehagen erinnern, das sie überspült hatte wie eine eisige Flut.

„Hier ist Tom, wir haben gemeinsam unser Abitur gemacht."

Und dann war endlich das Eis gebrochen. Erleichtert hatte sie aufgelacht und ihre durcheinandergeratenen Gedanken wieder sortiert. Die Stimme hatte auf einmal einen beruhigenden Klang bekommen und sie hatte ihr gesagt, dass sie zusammen zur Schule gegangen waren. So was beruhigte nach dieser recht unkonventionellen Einführung enorm. Und doch hatte sie noch einige Minuten gebraucht, bis sie sich wieder gänzlich beruhigt hatte. In der Tat hatte sie immer noch keinen Schimmer, mit wem sie da überhaupt telefonierte und was dieser jemand wollte. Aber sie ließ sich diesbezüglich nichts anmerken und antwortete einfach locker und fröhlich, was letztlich sicher auch an ihrer Erleichterung lag.

Das Foto, das nun vor ihr lag, hatte sie nach diesem ersten Telefonat herausgesucht. Und es war ihr nicht leicht gewesen, etwas über diesen Tom zu finden. Sicher hatte sie den Namen schon mal im Kopf gehabt, Tom Raave, aber sie war sich eben nicht sicher. Genauso gut hätte sie sich das nur einbilden können. Und einige schreckliche Minuten danach war sie auch wirklich überzeugt gewesen, dass sie sich ihre ungewisse Erinnerung nur erträumt hatte. Sämtliche Namensverzeichnisse aus ihrer Schulzeit war sie durchgegangen. Auch die damaligen Schülerzeitungen und ihre Abiturzeitung hatte sie durchgesehen, aber sie hatte nicht einmal den Namen Tom Raave gefunden. Finster hatte ihr Herz in ihrer Brust geschlagen und war dabei langsam immer höher gekrochen. Immer eiliger hatte sie schließlich die Fotos durchgesehen, die sie von all ihren Kameraden aus der Schulzeit gemacht hatte. Nichts. Sie konnte keinen Tom Raave finden. Kein Bild gab ihr die Bestätigung für ihre Erinnerung. Und dann hatte sich plötzlich eine Hand aus dem Nichts auf ihre Schulter gesenkt und sie wäre vor Schreck fast gestorben.

„Was hast du denn Schatz?", hatte ihr Freund sie besorgt gefragt. Aber Sandra war nicht in der Lage gewesen, der Frage zu antworten, denn vor ihr auf dem Boden lagen nun die Fotos, die sie entsetzt von sich geworfen hatte. Alle lagen mit der Bildseite nach unten auf dem Teppich, bis auf eins.

Und das war dieses Bild gewesen, das sie nun vor sich auf dem Tisch liegen hatte.

Lächelnd dachte sie daran, wie Marco danach versucht hatte, sie und auch sich selbst zu beruhigen. Natürlich hatte sie ihrem Freund von dem Anruf erzählt und dass sie langsam völlig sicher gewesen war, dass dieser Anrufer doch ein Psychopath gewesen war, wie sie zu Anfang geglaubt hatte. Immer wieder hatte ihr Marco dann geschildert, wie er von der Arbeit nach Hause gekommen war und sie völlig manisch in all dieser Unordnung vorgefunden hatte.

„Ich hab einen richtigen Schreck bekommen, Schatz, ich dachte du wärst verrückt geworden. Und dann dein Gesicht, so weiß wie die Wand und deine Augen völlig irre."

An diesem Abend hatte Sandra ihnen heißen Kakao gekocht und sie hatten schließlich nach langem Reden zusammen einschlafen können. Am nächsten Tag hatte sie dann das Chaos im Wohnzimmer beseitigt, von dem sie gar nicht gemerkt hatte, dass sie es verursacht hatte. Schließlich hatte sie sich dann am Nachmittag völlig beruhigt noch mal an die Erinnerungen aus ihrer Schulzeit gemacht. Ordentlich hatte sie die ganzen Zeitschriften und Listen auf den Tisch gelegt, auf dem heute nur dieses einzelne Foto lag. Und plötzlich hatte sie den Namen Tom Raave fast überall lesen können. Fast wäre sie wieder in Panik verfallen, als sie ihr Herz abermals im Halsbereich schlagen spürte, aber sie hatte sich wieder beruhigen können. Es war zwar heute noch komisch, aber sie war mittlerweile davon überzeugt, dass sie in ihrem Suchwahn an diesem Abend nach dem Anruf einfach nicht in der Lage gewesen war, den Namen Tom Raave zu ermitteln. Sie hatte ihn im Eifer des Gefechtes immer und immer wieder überlesen. Und wenn sie es genau bedachte, dann war nicht nur Tom als gestalt für andere Menschen unsichtbar, sondern auch sein Name. Wenn sie heute ihre alte Abiturzeitung aufschlug, sah sie erst auf dem zweiten Blick diesen Namen, niemals sofort. Aber sie hatte festgestellt, und das beruhigte sie ungemein, dass selbst Marco den Namen Tom Raave überlas, wenn er die Telefonliste von oben nach unten laut ablesen sollte. Auch wenn sie das für höchst seltsam hielt, so hatte sie jedenfalls die Gewissheit, dass es nicht an ihr lag. Irgendetwas an der Buchstabenkombination musste dazu führen, dass das menschliche Auge sie nicht auf Anhieb wahrnehmen konnte. Genau wie bei Tom selbst, dessen Foto sie auch erst wirklich gesehen hatte, nachdem sie es bereits etliche Male betrachtet hatte. Tom Raave war für Menschen einfach unsichtbar, auch wenn diese mit ihm Tag für

Tag zur Schule gingen. Bemerkenswert, wie sie fand. Aber es erklärte, weshalb Tom niemals von seinen Mitschülern geärgert worden war (zumindest nicht so, dass sie sich daran hätte erinnern können).

Eine Woche nach dem Anruf hatte Sandra wieder damit begonnen, Tom einfach zu übersehen. Das Foto hatte sie wieder mit den anderen Schulerinnerungen in den Schrank gepackt und der Schreck, den sie an diesem Abend durchlitten hatte, war verarbeitet. Demnach war sie wieder sehr überrascht, dass Tom nach sieben Tagen wieder anrief. Und diesmal konnte sie sagen, dass sie sich über seinen Anruf freute, ohne dabei großartig zu lügen. Sie unterhielten sich ungezwungener als bei ihrem ersten Gespräch und Sandra hatte Spaß an diesem Telefonat. Sie redeten über früher, über die Schule und die Lehrer, und besonders über die anderen Schüler.

„Weißt du, damals war ich einfach nicht in der Lage auf andere Menschen zuzugehen. Ich hätte mich am liebsten irgendwo versteckt, um nicht aufzufallen."

Als Sandra diese Worte hörte, musste sie ganz einfach lachen. Sie hatte das Bild im Kopf, wie sie wie eine Irre einen Beweis suchte, dass es diesen Tom, mit dem sie gerade sprach, überhaupt gab, und dieser erzählte ihr, er hatte sich zusätzlich zu seiner Unsichtbarkeit noch verstecken wollen. Das war einfach zu viel. Und als sie endlich begriff, was sie eigentlich tat, verschluckte sie sich und krächzte eine Entschuldigung hervor. Sie wollte Tom nicht auslachen. Plötzlich war es ihr sehr unangenehm gewesen, mit diesem unsichtbaren Jungen zu sprechen (der ja wohl mittlerweile ein Mann war). Aber Tom schien ihren Lachanfall gar nicht zu bemerken. Sandra vermutete, dass er höflicherweise darüber hinwegsah. Oder vielleicht war es ihm auch selbst unangenehm.

„Jedenfalls habe ich beschlossen, dass ich mich mal wieder bei einigen Leuten melde, die mir in meiner Schulzeit ganz nett erschienen", hatte er schließlich geschlossen. Und mit einem Mal fand Sandra ihn alles andere als seltsam und merkwürdig, sie fand ihn sympathisch, auch wenn ihrem Gefühl eine gute Portion Mitleid beigemischt war.

Wenn sie aus heutiger Sicht darüber nachdachte, so musste sie den Kopf schütteln. Aus diesen beiden Anrufen hatte sich eine recht nette Telefonfreundschaft entwickelt. Einmal in der Woche, immer am selben Tag, immer zur selben Zeit, rief Tom sie an und sie unterhielten sich meist eine Stunde, oft sogar länger. Und es machte Spaß.

Seit dem Ende ihrer Schulzeit hatte Sandra keine richtigen Freunde mehr gehabt. Sie hatte ihren Freund Marco kennen gelernt und damit waren jegliche alte Kontakte langsam aber sicher abgebrochen. Das war ihr bis zu dieser Freundschaft mit Tom gar nicht aufgefallen. Aber im Grunde hatte sie außer ihrem Freund niemanden. Sie ging zur Arbeit und sah ihre Kollegen, mit denen sie sich gut verstand, aber privat hatte sie sonst mit kaum jemanden Kontakt. Und dieser Tom, den alle immer übersehen hatten, gab nun den einzigen freundschaftlichen Kontakt ab, den sie pflegte. Es war, als hätte er ihr gezeigt, was sie eigentlich schon die ganze Zeit vermisst hatte: einen Freund, mit dem sie über alte Zeiten quatschen konnte. Jemand, dem sie vertrauen konnte. Und mit der Zeit hatte sie wirklich begonnen, diesem fremden Tom zu vertrauen, den sie eigentlich nie richtig gesehen hatte. Allerdings hatte auch diese Freundschaft ihre Schattenseiten. Letztlich konnte Sandra natürlich über diese Kleinigkeiten hinwegsehen, aber sie gaben ihr schon zu denken. Manchmal kam es ihr so vor, als hätte Tom Geheimnisse vor ihr. Das war selbstverständlich völlig normal, denn so lange telefonierten sie nun auch nicht miteinander, dass sie glaubte, das Recht zu haben, gänzlich über Tom bescheid wissen zu können. Aber etwas störte sie dennoch an diesen unausgesprochenen Worten, die ab und zu zwischen ihnen zu liegen schienen: Sie hatte jedes Mal das alarmierende Gefühl, dass sie diese Dinge besser wissen sollte. Zu Tom sagte sie davon kein Wort, denn sie wüsste nicht mal, wie sie anfangen sollte, schließlich hatte sie absolut keinen Anhaltspunkt außer ihrem unbestimmten Gefühl. Und was würde er denken, wenn sie plötzlich sagen würde, dass er ihr doch alles erzählen solle. Was war denn dieses Alles? Das, was zwischen uns nicht ausgesprochen werden darf. Aber war das nicht zu intim? War das nicht der erste Stein, den sie aus dem Gebäude ihrer Freundschaft von unten herauszog? Nein, sie käme sich dabei unheimlich dumm vor, sie würde Tom nicht darauf ansprechen können. Und doch war das ein Aspekt, der ihr von Zeit zu Zeit den Kopf schwer machte. Ein weiteres Merkmal war, dass er sich immer ganz besonders für ihre derzeitigen Lebensumstände zu interessieren schien. Es war auf keinen fall so, dass er sie ausfragte, aber manchmal hatte sie schon das Gefühl, dass Tom sie irgendwie dazu brachte, mehr zu erzählen, als sie normalerweise preisgeben würde. Es war etwas Verlockendes, jemandem, den man nicht sehen konnte, den man sozusagen gar nicht kannte, etwas über sich zu erzählen, nur damit man es mal loswurde. Und Tom schien diese Verlockung geschickt potenzieren zu können. Er hörte sich so vertrauenswürdig an, so diskret. Er war so taktvoll. Immer wenn sie dachte, dass jetzt von jedem anderen Menschen eine unglaublich dreiste Frage kommen würde, die einfach aus Neugier gestellt werden musste, dann schwieg er rücksichtsvoll. Und sie belohnte dieses Schweigen völlig unbedarft, indem sie diese unausgesprochene Frage beantwortete, obwohl sie jeden, der die Frage tatsächlich gestellt hätte, in seine Schranken verwiesen hätte. Das war irgendwie unheimlich. Aber auch schön, denn sie wusste irgendwie, dass diese Informationen nicht weitergereicht würden. Bei Tom fühlte sie sich diesbezüglich sehr sicher. Und doch fragte sie sich manchmal, ob es nicht schon reichte, dass Tom diese Informationen hatte. Er würde sie womöglich gar nicht weitergeben müssen, weil er schon die Endstation war.

Sandra schüttelte den Kopf. Manchmal war sie schon recht komisch drauf. Immer hatte sie irgendwelche Bedenken, immer war sie auf der Hut. Lächelnd erhob sie sich und ging in die Küche, um Kaffee zu machen. Tom würde jeden Moment da sein. Es war ihre Idee gewesen, dass sie sich mal treffen sollten und Tom war ganz begeistert gewesen. Sie hatte gesagt, dass er sie besuchen könne und er sagen solle, wann es ihm recht sei. Tom hatte daraufhin erwidert, dass er es noch nicht genau sagen könne, da er erst seinen Terminkalender studieren müsse. Und eine Woche später hatte Tom dann gesagt, dass es ihm nächste Woche ganz gut passen würde. Sandra war gleich einverstanden. Erst als sie das Gespräch beendet hatten und Marco von der Arbeit nach Hause kam, fiel ihr ein, dass dies das Wochenende war, an dem Marco ein Seminar hatte und drei Tage nicht da sein würde. Natürlich hatte sie ihm gleich davon berichtet, doch Marco schien gar nicht so abgeneigt zu sein, wie sie vermutet hatte (oder vielleicht gehofft).

„Das ist doch gut, dann wird dir wenigstens nicht langweilig, Schatz."

„Und du hast nichts dagegen, wenn mich jemand einfach zu in unserer Wohnung besucht, den du gar nicht kennst?"

„Ich vertraue dir, Schatz, und das weißt du." Er hatte sie noch verführerisch angelächelt und war dann ins Bad verschwunden. Während Sandra den Geräuschen der Dusche gelauscht hatte, waren ihre Bedenken auch allmählich davongeschwommen. Heute wusste sie gar nicht, was sie so beunruhigt hatte, denn schließlich war Tom ein ehemaliger Mitschüler von ihr und sie verstand sich sehr gut mit ihm. Er wusste natürlich, dass sie mit Marco zusammenlebte und Sandra glaubte auch nicht, dass es diesbezüglich Probleme geben würde. Und dennoch war sie skeptisch gewesen.

Sandra verließ die Küche und beugte sich im Esszimmer über die Kaninchenkäfige. Sie hatte sie extra heute Morgen noch mal gesäubert, obwohl sie planmäßig noch gar nicht dran gewesen waren. Sie wollte aber nicht, dass es überraschend nach Urin roch, ohne dass sie es merkte.

„Nicht war, ihr Racker?", fragte sie in den Käfig hinein. „Wir wollen doch nicht übel auffallen, was?"

Sie hob eins ihrer beiden Kaninchen aus der Stallung und machte sich mit ihm auf ins Wohnzimmer.

„Bis der Besuch da ist, darfst Du noch etwas raus."

Sie setzte sich zu dem Tier auf die Couch und achtete darauf, dass es nicht auf den Boden sprang. Normalerweise ließ sie die Tiere tagsüber durch die Wohnung hoppeln, wie sie es wollten, aber es war ihr schon lieber, dass die Kaninchen im Käfig waren, wenn Tom hier sein würde. Sie wusste nicht warum.

Zehn Minuten später klingelte es an der Tür und sie verfrachtete das Tier wieder im Käfig, bevor sie öffnete.

Als Sandra Tom Raave dann zum ersten Mal in ihrem Leben wirklich sah, war sie dermaßen perplex, dass sie erst gar nichts sagen konnte. Da kam diese dunkle Gestalt zu ihr in den ersten Stock hinauf und sah sie lächelnd an, doch ihr wollten einfach die schlichten Worte einer Begrüßung nicht einfallen. Sie sah mit einer Art entsetzten Entrüstung in dieses Gesicht, dass sich gegenüber dem Foto kein einziges Stück geändert hatte. Immer wieder schossen ihr diese Erinnerungsfetzen durch den Kopf, die sie sich so mühsam zusammengesucht hatte. Tom Raave sah aus, als wäre er keinen einzigen Tag gealtert.

„Hallo." begrüßte er sie schüchtern und riss sie damit aus ihrer Starre. Endlich begrüßte sie ihn und schaffte es, ein Lächeln auf ihr Gesicht zu bringen. Inbrünstig hoffte sie, dass ihr kleiner Aussetzer unbemerkt geblieben war. Zumindest ließ Tom sich nichts anmerken, als sie ihn endlich in die Wohnung bat. Wohl war Sandra allerdings immer noch nicht zumute. Ohne Pause stürzten plötzlich die Erinnerungen auf sie ein. Und immer wieder sah sie diesen Tom aus ihrer Schulzeit. Es war fast so, als sollten von nun an all diese Bilder, die ihr bisher entfallen waren, wieder auftauchen und sie erdrücken. Andauernd dieses blasse Gesicht, das sie gerade begrüßt hatte und nun in ihrem Flur hing. Manchmal lächelte es, manchmal sah es ernst drein, manchmal war es schmerzverzerrt. Sandra schüttelte den Kopf und versuchte sich wieder in die Realität zurückzuholen.

„Ist was?", fragte Tom und sah sie besorgt an.

„Nein, nein, ich ... ich bin nur ... mir geht es gut." Mit einem verbissenen Lächeln deutete sie ihm ins Wohnzimmer, das gleich hinter dem Esszimmer lag, welches wiederum an den Flur anknüpfte. Tom sah sich bedächtig um. Sandra folgte ihm und atmete tief durch. Die Bilder in ihrem Kopf hatten sie zutiefst beunruhigt. Etwas war nicht in Ordnung.

„Die Wohnung ist gemütlich eingerichtet", stellte Tom plötzlich fest. „So habe ich mir immer meine eigene Wohnung gewünscht."

„Was hält dich denn davon ab?", fragte Sandra unvermittelt.

Tom sah sie einen Moment ernst an. Dann ging er weiter. Wieder fühlte sich Sandra nicht wohl. Die Gedanken an ihre Schulzeit hatte sie zwar erfolgreich verbannt, aber dennoch rumorte es in ihren Eingeweiden. Erst als sie eine Weile auf der Couch saßen und sich locker unterhielten, beruhigte sich ihr Verstand allmählich. Tom hatte es geschafft, sie in ein Gespräch zu verwickeln und sie war dankbar darauf eingestiegen. Nach einer Stunde waren sämtliche Bedenken fort. Alles war, wie sie es sich vorgestellt hatte. Tom lächelte oft und sein Gesicht sah nicht mehr ganz so gespenstig aus, wie noch zu Anfang. Die Bilderflut, die auf sie eingestoßen war, als Tom die Wohnung betreten hatte, war vollkommen vergessen. Behaglich saßen sie sich gegenüber, tranken Kaffee und aßen die Kekse, die Sandra extra für diesen Anlass noch gekauft hatte. Sie fühlte sich wohl. Und Tom offensichtlich auch. Als sie dann eine geeignete Gesprächspause hatten, erhob sich Tom und fragte sie höflich, ob er mal das Bad benutzen dürfe. Sandra deutete ihm den Weg in den Flur.

„Es ist die Türe gleich gegenüber vom Eingang."

Sie selbst blieb auf der Couch sitzen und nippte an ihrem Kaffee, während Tom leise das Wohnzimmer verließ. Noch vor einer Stunde hätte sie wilde Angstzustände bekommen, wenn sie auch nur daran gedacht hätte, Tom den Rücken zuzuwenden. Nun aber machte es ihr nichts aus, dass er aus ihrem Blickwinkel trat. Sie hörte, wie sich seine ruhigen Schritte durch Esszimmer und Flur bewegten und schließlich das Geräusch der Badezimmertüre. Entspannt lehnte sie sich zurück und dachte noch mal über ihre anfängliche Abneigung nach. Das war seltsam, wo sie doch sonst so aufgeschlossen und unvoreingenommen war. Sie hatte sich von seinem jungen Gesicht beunruhigen lassen, das war alles. Wenn man es genau bedachte, dann war dieser Tom Raave schon eine Art Phänomen. Seinen Namen überlas man, seine Gestalt übersah man, sein Gesicht konnte man sich schlecht merken. Auch wenn man ihn mochte, so hatte man immer das Gefühl, dass man bedroht würde. Gerade so, als sei er nur ein Geist, als gäbe es ihn gar nicht. Sandra schüttelte wieder ungläubig ihren Kopf. Schon allein, dass sie sich solche Gedanken machte, war doch albern.

Im Bad wurde die Klospülung betätigt. Fragend sah Sandra auf die Uhr. Plötzlich hatte sie wieder ein seltsames Gefühl der Zerrissenheit. Einerseits wollte sie nicht allein sein und hoffte, dass Tom noch lange bleiben würde, andererseits sprach ihr Instinkt ihr zu, dass es besser sei, wenn Tom bald ginge. Die Tür zum Bad ging auf und sie hörte wieder seine Schritte. Langsam und recht leise. Doch als sie ihn den Geräuschen nach im Esszimmer ortete, zerriss plötzlich ein Knall die ruhige Atmosphäre und Sandra sprang wie vom Blitz geschlagen auf. Wildes Schlagen von Hinterläufern und das hektische Rascheln von Heu waren zu hören. Auf dem ganzen Körper hatte sie mit einem Mal eine fröstelnde Gänsehaut.

„Oh je." Hörte sie Toms betroffene Stimme. „Ich bin aus Versehen gegen den Käfig getreten."

Leicht benebelt trat Sandra um die Couch herum auf die Türe zum Esszimmer zu. In ihrem Kopf stürzten wieder die Bilder auf sie ein. Toms Gesicht, das schmerzverzerrt war. Gehässige Münder, die spotteten und auslachten. Toms Gesicht, das weinte. Schwindelig stützte sie sich an der Wand ab und tastete sich Stück für Stück weiter zur Türe. Als sie endlich den Blick auf den Käfig hatte, sah sie Tom, wie er gerade eines ihrer Kaninchen aus dem Käfig hob und dabei hämisch grinste. Sie wollte protestieren, sie wollte ihn davon abhalten, doch etwas aus seinen Augen blitzte ihr bösartig zu.

„Ist dir nicht gut, Sandra?" Die Stimme brachte sie dazu, dass sie verschreckt die Augen aufriss. Vor ihr stand Tom, ganz normal, mit fragendem Ausdruck und einem Kaninchen sanft im Arm. „Du siehst aus, als wolltest du dich ausruhen. Du bist ganz bleich."

„Nein, nein, ist schon alles in Ordnung ..:" erwiderte sie lächelnd. Die Tatsache, dass Tom vor ihr stand, mit seinem fast wandweißen Gesicht und zu ihr sagte, dass sie bleich sei, brachte sie zum Schmunzeln. Verwirrt war sie trotzdem. In ihrem Bauch regte sich eine Welle der Übelkeit. Sie konnte sich nicht erklären, weshalb sie solche Panikattacken hatte und sich dennoch jetzt wieder so wohl in Toms Gegenwart fühlte.

„Ich glaube es ist besser, wenn ich gehe, oder?" Er wirkte so hilflos, so unschuldig. Mit großen dunklen Augen sah er sie unsicher an. Wieder wurde ihr schwindelig. Sie hielt sich am Türpfosten fest.

„Möchtest du, dass ich lieber ein anderes Mal wiederkomme?" Jetzt berührte er ihre Hand. „Soll ich dich zum Arzt bringen?" Seine Stimme quoll plötzlich über vor Sorge. Sandra fühlte sich elend. Aber dies war ihre Chance, sich aus der Affäre zu ziehen. Sie würde sich ins Bett legen können. Sie würde schlafen können. Und Montag würde sie vielleicht wirklich zu einem Arzt ...

„Nein ... ich ... ja, es ist vielleicht ... besser." Während sie diese Worte sagte, verschwamm Toms Gesicht immer wieder vor dem ihren.

„Ich hoffe ich habe dir keine Unannehmlichkeiten gemacht."

„Nein, nein", versicherte sie, und merkte doch gleich, dass sie nicht glaubwürdig genug gesprochen hatte. „Hast du nicht." setzte sie bestimmter hinterher und versuchte wieder ein freundliches Gesicht zu machen.

Tom beugte sich abermals über den Käfig und setzte das Tier wieder ins Heu. Sofort hoppelte es in die entfernteste Ecke zu seinem Kameraden. Sandra interpretierte dieses Verhalten mit einer plötzlichen Erkenntnis als Furcht. Wieder sah sie dieses Funkeln in Toms Augen und sein gemeines Lächeln. Entsetzt kniff sie die Augen zusammen. Als sie sie wieder öffnete, sah Tom wieder ganz normal aus. Die Kaninchen drängten aber immer noch in eine Ecke zusammen. Aber taten sie das nicht immer?

Als Tom endlich weg war, versuchte sie, noch einen Blick auf ihn zu erhaschen, während er über die Straße ging. Aber sie sah ihn nicht. Ihr war, als hätte sie nicht mal die Haustüre zuschlagen gehört. Sie würde am Montag zum Arzt gehen, beschloss sie nun. Sie hatte Wahnvorstellungen. Das musste am Stress liegen. Ein Teil von ihr fragte gemein: an welchem Stress denn?

Sie machte sich einen heißen Kakao und setzte sich schließlich vor den Fernseher. Krampfhaft versuchte sie sich abzulenken, schaffte es aber niemals so ganz. Vereinzelt fiel immer noch mal ein Bild aus ihrer Erinnerung vor ihr geistiges Auge. Und immer war Toms Gesicht darauf. Nach einer halben Stunde unkonzentrierten Fernguckens stellte sie das Gerät ab und holte sich einen Block und einen Bleistift. Ohne eigentlich genau zu wissen was sie tat, begann sie die Fakten und Erinnerungen über Tom Raave zusammenzutragen.

Sie machte eine Tabelle, der sie einen positiven, einen neutralen und einen negativen Bereich zuwies. Dann schrieb sie ihre Erfahrungen hinein. Die Tatsache, dass sich Tom nach so langer Zeit einfach bi ihr meldete, wertete sie mit neutral. Ihre Erfahrung mit seinem Namen und sein flüchtiges Gesicht hatten dagegen einen eindeutig negativen Charakter für sie. Sein Gesprächstalent war dagegen positiv. Nach langem Überlegen verwarf sie diese Tabelle und erstellte eine Neue. Was brachten ihr diese Fakten, von denen sie gar nicht wusste, ob sie nun von ihr selbst aus negativ beeinflusst wurden? Die neue Tabelle stellte den Austausch von Informationen dar, den sie mit Tom telefonisch betrieben hatte. Natürlich hatten sie nicht nur über damals gesprochen, sondern auch über ihre derzeitige Situation. Fast eine Stunde später beendete sie ihre Arbeit und sah unwohl auf das Ergebnis. In ihrer Spalte hatte sie Unmengen an Fakten über sich selbst geschrieben, die sie Tom gegeben hatte. Auf Toms Seite allerdings waren nur vereinzelt Punkte aufgeführt. Und diese Punkte waren alle recht allgemein gehalten. Wohnung? Ja. Arbeit? Ja. Genauere Angaben konnte sie nicht machen. Sie wusste ganz genau, dass er ihr gesagt hatte, welchen Beruf er erlernt hatte, doch erinnern konnte sie sich nicht daran. Letztlich war sie sich nicht mal sicher, ob die Telefonnummer auf der alten Liste aus ihrer Abi-Zeit noch aktuell war. Sie selbst hatte ihn ja nie angerufen, sondern immer nur auf seinen Anruf gewartet. In ihrem Bauch regte sich wieder das Unbehagen und wand sich von einer Seite auf die andere. Warum hatte sie selbst eigentlich nie mit ihm Kontakt aufgenommen? War es nicht selbstverständlich, dass man jemanden nach seiner aktuellen Telefonnummer fragte, wenn man mit ihm telefonierte? Die beschämende Gewissheit kam auf, dass im Grunde lediglich sie geredet hatte. Zugehört hatte sie so gut wie gar nicht. Sie suchte die Telefonliste von damals aus dem Schrank. Nach einem zweiten Blick hatte sie seinen Namen vor sich. Dahinter war seine Nummer vermerkt. Sollte sie ihn etwa anrufen? Was wollte sie denn sagen? Zweifelnd stand sie vor dem Telefon. Vielleicht wäre eine Entschuldigung noch angebracht, dass sie ihre Zusammenkunft so plötzlich abgebrochen hatte. Entschlossen wählte sie die Nummer und lauschte dem Freizeichen. Eisern hielt sie den Hörer am Ohr, den sie am liebsten wieder auf die Gabel werfen würde. Das Tuten schien endlos zu sein, aber sie konnte nicht frühzeitig auflegen, so sehr sie es auch wollte. Sie musste wissen ob die Nummer ...

„Donkenberg" ertönte unerwartet eine weibliche Stimme.

„Ähm, guten Abend." sie schluckte kurz. „Ich möchte gerne mit einem Tom Raave sprechen."

Schweigen trat am anderen Ende ein. Dann sagte die Stimme endlich: „Ich kenne keinen Tom Raave. Aber eine Familie Raave hat hier mal gewohnt. Ich bin die Nachmieterin."

„Oh, entschuldigen sie. Wissen sie vielleicht ..."

„Nein, junge Frau. Ich weiß nichts über die Familie."

Stille. Dann verabschiedete Sandra sich höflich und legte auf. Sie betrachtete wieder die Liste. Tom hatte ihr gesagt, dass er mehrere Leute angerufen hatte, um ein wenig Kontakt nachzuholen. Mit dem Gedanken, dass sie selbst ja vielleicht auch ein wenig Kontakt auffrischen könnte, wählte sie die nächste Nummer auf der Liste. Niemand meldete sich. Die Nächste erwies sich als nicht mehr aktuell. Insgesamt versuchte sie sieben Nummern, bis sie endlich wieder jemanden an der Strippe hatte.

„Ja hallo?", fragte die unwirsche Stimme einer Frau.

„Guten Abend, ich würde gerne mit Markus Gänzler sprechen."

„Da kommste zu spät, Schätzchen." Dann hörte sie ein hektisches Amtszeichen, das ihr sagte, dass die Frau aufgelegt hatte. Verstört sah sie auf den Hörer.

„Meine Güte", flüsterte sie vor sich hin und legte auf. Sie hatte die Nase voll für heute und wollte nur noch ins Bett. Plötzlich fiel ihre Aufmerksamkeit aber auf den Namen von Veronika Muhr. Das graue Mäuschen, dachte sie sich und hob den Hörer automatisch wieder ab. Gleich nach dem ersten Freizeichen wurde abgehoben.

„Veronika Muhr."

Erleichtert atmete Sandra auf. Endlich hatte sie jemanden aus ihrer alten Stufe am Apparat.

„Ja hallo Veronika, hier ist Sandra ... aus der Schule."

„Sandra?"

„Ja, wir haben zusammen Abitur gemacht."

„Ach, jetzt weiß ich wieder." Allerdings hörte sich diese Erkenntnis für Sandra nicht sehr echt an. Vielmehr vermutete sie, dass es Veronika genauso ging, wie ihr damals bei Tom.

„Wir hatten zusammen Deutsch." setzte sie deshalb noch hinzu.

„Au ja, ich weiß wieder." entgegnete Veronika schon fast euphorisch. Jetzt war die Stimme glaubhaft. „Wie geht's Dir?"

„Danke mir geht's gut. Und dir?"

„Den Umständen entsprechend." Ihre Stimme klang etwas traurig. „Aber man schlägt sich so durch, nicht war?"

Sandra hatte das Gefühl, dass Veronika ihr etwas damit sagen wollte. Aber sie hatte auf einmal keine Lust mehr, mit diesem Mädchen zu telefonieren (zumindest hörte sie sich noch sehr nach Mädchen an).

„Ich suche eigentlich nur die neue Telefonnummer von Tom Raave. Ich dachte, vielleicht könntest Du mir damit aushelfen."

Am anderen Ende regte sich nichts. Sandra lauschte irritiert in den Hörer. Sie hörte, wie das Blut durch ihr Ohr pulsierte, und wartete gebannt. Aber Veronika antwortete nicht.

„Hallo? Veronika?"

„Ja?", fragte das Mädchen zurück. Ihre Stimme klang nun so dünn, als würde sie gleich anfangen zu weinen. Eine Hitzewelle stieg in Sandra auf. Da stimmte etwas nicht! Da war etwas ganz und gar nicht in Ordnung!

„Was ist los, Veronika?"

Wieder Schweigen. Lediglich das Rascheln von Kleidung war zu hören und der Atem, der ab und an direkt in die Sprechmuschel blies.

„Was ist mit dir los?", fragte die piepsige Stimme schließlich zurück. „Warum rufst du mich an und fragst nach dieser Nummer?"

Sandra war total perplex.

„Na, weil ich Tom anrufen will, weshalb sonst?

Schweigen.

„Veronika, wenn du die Nummer nicht hast, dann ist es okay. Wenn du sie aber doch hast, dann sag sie mir doch bitte. Tom war heute bei mir zu Besuch und ich habe vergessen, ihn nach seiner Telefonnummer zu fragen. Ich möchte ..."

„Du spinnst ja!" ertönte es plötzlich aus dem Hörer. Die Stimme war nun fest und resolut. Sandra klappte vor Überraschung ihren Mund auf. Sie konnte nicht glauben, was sie soeben gehört hatte.

„Ich weiß nicht, was du hast", sagte sie schließlich. „Wie dem auch sei, tut mir leid, dass ich dich gestört habe. Ich werde es wohl weiterhin bei den anderen versuchen."

Eigentlich hatte sie sich vorgenommen, den Hörer auf die Gabel zu werfen, weil sie über die komische Reaktion von Veronika mittlerweile erbost war. Aber sie lauschte weiter. Schließlich brach Veronika abermals ihr Schweigen.

„Du meinst es ernst?" Ihre Stimme war wieder so klein und zerbrechlich, so dass Sandra nicht eindeutig sagen konnte, ob dies nun eine Feststellung oder eine ernsthafte Frage war.

„Natürlich meine ich es ernst." entgegnete sie aufrichtig.

„Wie viele andere hast du denn schon erreicht, die du fragen konntest?"

„Noch keinen, alle scheinen umgezogen zu sein. Die meisten Nummern sind nicht mehr vergeben. Ich glaube, ich hatte die Mutter von Markus Gänzler am Draht, aber sie hat einfach aufgelegt."

„Markus Gänzler ist gestorben."

Sandra fühlte sich plötzlich, als wäre sie auf der Höhe ihrer Hitzewelle in ein Eisbad gefallen.

„Was?", rief sie unbedacht aus. „Wie das denn?"

„Weiß ich nicht, aber es ist erst ein paar Wochen her."

„Oh mein Gott, das wusste ich nicht."

„Du weißt anscheinend eine Menge nicht."

Wieder trat Schweigen ein. Sandra bekam eine Gänsehaut.

„Was meinst du damit?"

„Na ja, die Tatsache, dass du der Meinung bist, dass Tom noch lebt."

„Was willst du damit sagen?" Jetzt kreischte sie fast. Ihr Herz hatte enorm beschleunigt.

„Sandra, Tom ist auf der Abschlussfeier vor fünf Jahren gestorben. Man hat sich mit ihm einen Scherz erlaubt. Wenn du mich fragst ..."

„Ach hör doch auf! Er war vorhin noch hier!" fauchte Sandra böse. „Ich hab mit ihm Kaffe getrunken." Wütend warf sie den Hörer auf die Gabel und starrte noch eine Zeit lang auf das grünliche Gehäuse des Geräts. Dann setzte sie sich endlich auf ihre Couch und seufzte niedergeschlagen. Wieso erzählte Veronika so was? Sie hatte ihr doch gar nichts getan, lediglich nach einer Telefonnummer gefragt. Tränen stiegen ihr unerwartet in die Augen und ihr Magen rumorte wieder. Was für ein beschissener Tag das doch war.

Nachdem sie sich von dem Gespräch beruhigt hatte, fielen ihr wieder die Kaninchen ein, die heute noch keinen Auslauf gehabt hatten. Müde erhob sie sich und schlurfte ins Esszimmer. In dem Käfig war es verdächtig ruhig. Normalerweise hörte sie die Tiere eigentlich andauernd. Kaninchen waren niemals wirklich ruhig. Jetzt aber bewegte sich nichts. Nicht das leiseste Rascheln von Heu war zu hören. Sandra hielt die Luft an und blieb stehen. Ihre Vision von vorhin schoss ihr wieder durch den Kopf. Sie spürte noch mal diesen Schrecken, der durch ihren Körper gerauscht war, als sie wusste, dass Tom sich am Käfig zu schaffen machte. Am liebsten hätte sie ihn laut angeschrien, nur damit er keines ihrer Tiere anfasste. Sie dachte wieder an ihre Vorbereitungen, dass sie die Kaninchen nicht rauslassen wollte, weil sie befürchtete, sie nicht rechtzeitig wieder einfangen zu können. Bevor Tom überhaupt da gewesen war, hatte sie schon ein komisches Gefühl gehabt, was die Tiere anbetraf. Und jetzt dachte sie sich, dass sie sie am besten ins Schlafzimmer verfrachtet hätte. Warum hatte sie den Käfig ausgerechnet hier im Esszimmer stehen lassen, wo sie doch genau wusste, dass Tom sie hier sehen würde? Warum hatte sie ...

Ein leises Rascheln riss sie aus ihren Gedanken. Ihr Blick wurde wieder klarer und sie trat die letzten Schritte zur Stelle der Tiere. Ruhig saß das braune Tier dort in seiner Stallung und schaute zu ihr auf. Sandra sah an der dunkleren Färbung des Kopfes, dass es Max war. Moritz, das andere Tier, musste sich in dem kleinen Holzhäuschen befinden, das als Versteck diente.

„Eure Mama ist ein wenig verrückt", murmelte sie vor sich hin, als sie in die Hocke ging. Sie sah Max an und schnalzte dem Tier zu, während sie das Gatter öffnete.

„Komm mein Kleiner, ihr dürft noch ein wenig raus spielen." Wie gewohnt schob sie ihre Hand unter den flauschigen Bauch des kleinen Lebewesens und hob es aus dem Käfig. Max ließ das, wie immer ohne Gegenwehr, mit sich geschehen. Sanft wiegte Sandra ihn im Arm und streichelte seinen Rücken. Und dann geschah etwas äußerst Seltsames. Der Kopf des Tieres sauste plötzlich herum und Max biss ihr in die Hand. Das geschah so unerwartet und schnell, dass Sandra erschrocken aufschrie und Max fallen ließ. Entsetzt sah sie auf ihre Hand. Es kam schon mal vor, dass ihre Haustiere sich gegen sie wehrten, sie kratzten und manchmal sogar bissen, aber bisher hatte Sandra dadurch keine groben Wunden davongetragen. Diesmal blutete sie aber. Und auch der Schmerz setzte nun abrupt ein. Max hatte sie im Handballen unterhalb des Daumens erwischt. Und sie blutete unerwartet stark. Blind hastete sie in die Küche, um ein Papiertuch zu holen. Misstrauisch sah sie dabei auf den Boden. Ein flüchtiger Gedanke beschwichtigte sie und sagte, dass sie nur nachsah, damit sie nicht zufällig auf Max trat. Aber tief in ihr wusste etwas, dass sie sich vergewisserte, dass Max sie nicht angriff. Die Wunde schmerzte und pochte heiß. Vorsichtig wischte sie die Blutstropfen mit einem Taschentuch weg und tupfte es schließlich auf die Wunde selbst. Ein starkes Brennen ließ sie wieder zurückzucken. Dann legte sie das Tuch noch mal vorsichtig auf. Im Esszimmer scharrte etwas über den Boden.

„Man, was ist das denn heute für ein Tag?"

Als zehn Minuten später das Telefon klingelte, hatte sie sich gerade einen Verband angelegt, um die Blutung zu stoppen. Sie warf den Verbandmull und die Schere achtlos auf den Rand des Waschbeckens und trat aus dem Badezimmer. Das Klingeln ertönte zum zweiten Mal. Langsam schritt sie durch den Flur ins Esszimmer. Ihr Blick glitt unbewusst über den Boden. Im Wohnzimmer verlangsamte sich ihr Schritt nochmals. Sie wusste, wer sie da anrufen wollte. Es würde Tom sein. Aber sie war sich nicht sicher, ob sie heute Abend noch mit ihm sprechen wollte. Im Grunde war sie sich nicht mal sicher, ob sie überhaupt jemals wieder mit ihm sprechen wollte. Am besten wäre es, wenn sie jetzt einfach endlich ins Bett gehen würde. Sie brauchte Ruhe, sie wollte nicht noch mehr Aufregung. Das Telefon schrillte unablässig. Sie stand unmittelbar davor. Und schließlich legte sie ihre

Hand auf den Hörer und nahm ab. Die Zeit lief in unglaublicher Verzögerung ab, als ihr Arm diese wahnsinnig schwer gewordene Last zu ihrem Gehör hinaufhievte. Dann meldete sie sich mit ausdrucksloser Stimme. Es war, als hätte sich in ihrem Kopf langsam ein Schwamm gebildet, der ihr das Denken unmöglich machte.

„Hallo? Schatz? Bist du dran?"

Plötzlich war sie wieder hellwach. „Ja, bin ich" presste sie hervor.

„Warum hörst du dich so komisch an? Ist was passiert?" In Marcos Ausdruck schwang höchste Alarmbereitschaft mit.

„Nein, es ist alles ... alles ... okay."

„Du hörst dich aber nicht so an, Schatz."

Sandra schluckte einmal schwer. Dann schilderte sie, wie sie von Max gebissen wurde.

„Ja, das kann passieren. Moritz hat dich auch schon gebissen."

„Nein, das ist nicht das Gleiche, ich habe geblutet wie ein Schwein. Ich musste mir einen Verband anlegen und ich glaube, es ist immer noch nicht ..."

„Na, aber die Wunde wird ja nicht sehr groß sein, oder?" Er klang amüsiert. Sandra schämte sich plötzlich. Natürlich hatte er recht. Es war albern, sich deswegen so ins Boxhorn jagen zu lassen. Sie würde an dem kleinen Kaninchenbiss schon nicht sterben. Aber wenn Marco wüsste, was sie heute schon alles erlebt hatte ... aber das konnte sie ihm nicht erzählen. Am ende würde er sie noch für verrückt ...

„Ich wollte eigentlich nur kurz hören, ob alles in Ordnung ist bei dir. Ist dieser Tom schon weg?"

„Ja, schon lange. Du hast glück, ich wollte mich gerade hinlegen und schlafen."

„Was? Schon so früh?" Jetzt klang er eindeutig belustigt. „Wegen dem Biss?"

„Nein, ich ... ich habe Kopfschmerzen." redete sie sich heraus. Für normal hätte sie auf diesen Scherz amüsiert reagiert, aber zum Lachen fehlte ihr für heute die Energie.

„Okay, dann schlaf mal schön, Schatz."

„Du auch ... ich liebe Dich."

Mit einem Mal fühlte sie sich wieder besser. Langsam legte sie den Hörer zurück und drehte sich um. Dann atmete sie tief ein. Während der letzten paar Stunden hatte sie langsam aber sicher das Gefühl bekommen, dass sie in ein anderes Leben gerutscht war, in eine Art Gruselfilm. Jetzt, nachdem sie mit ihrem Freund gesprochen hatte, schien sie wieder zu wissen, dass sie immer noch in der Realität war.

Entschlossen ging sie zum Kaninchenkäfig und beugte sich darüber. Das Gatter hatte sie vorhin in der Aufregung offen gelassen.

„Moritz." Sie schnalzte wieder mit der Zunge. „Komm, Kleiner, du darfst auch raus." Sie klopfte mit den Fingern auf das Holzdach des kleinen Hauses. Nichts regte sich. Sie raschelte mit Heu vor dem kleinen Eingang herum. Und dann sah sie unerwartet das kleine Silberkreuz auf dem Boden des Stalls. Verwundert nahm sie es in die Hand. Für die geringe Größe war es erstaunlich schwer. Auf dem Querbalken war etwas eingraviert. Und dann stellten sich langsam ihre Nackenhaare auf, als sie bemerkte, dass sie das Kreuz eigentlich falsch herum hielt. Die Buchstaben waren so eingeritzt, dass man das Kreuz nach unten halten musste, um diese lesen zu können: ‚moriturus'. Das war Latein, durchfuhr es sie. Hastig sprang sie auf und lief zu ihrem Bücherschrank. Die Lateinbücher hatte sie ganz nach hinten verfrachtet, weil sie gehofft hatte, nie wieder damit zu tun zu haben, aber jetzt war sie froh, dass sie ein Wörterbuch hatte.

„Moriturus", flüsterte sie immer wieder vor sich hin, während sie eilig die Seiten durchblätterte.

Und als sie schließlich den Eintrag fand, war es, als hätte sie es schon vorher gewusst: ‚todgeweiht'.

Atemlos warf sie die Bücher von sich und rannte wieder zur Kaninchenstelle. Panisch hob sie das Holzhäuschen hoch.

„Nein, nein ... nein."

Sie merkte gar nicht, wie sie diese Worte immer wieder hervorstieß, während sie den kleinen Fellkörper anstupste. Moritz rührte sich kein Stück. Vorsichtig drückte sie das Tier zur Seite. Und dann sah sie plötzlich das Blut. Ein Wimmern entfleuchte ihrer Kehle. Sie betrachtete das Tier genauer. Die Wunde befand sich am Hals, gut versteckt im flauschigen Fell. Tom hatte ihren kleinen Moritz umgebracht. Tränen liefen ihr über die Wangen und eine kalte Wut staute sich auf. Sie würde dieses Schwein umbringen. Sie würde jetzt auf der Stelle bei Veronika anrufen und sie würde die Nummer herausbekommen! Und dann würde sie Tom fertigmachen. Er hatte Moritz auf dem Arm gehabt, er war der Einzige, der in der Lage gewesen war, ihren Kaninchen etwas anzutun.

Wutentbrannt stürmte sie zum Telefon zurück und hämmerte Veronikas Telefonnummer in die Tasten. Kurz darauf meldete sich die zarte Stimme.

„Veronika, ich bin's, Sandra", schrie sie fast in den Hörer. „Ich brauche dringend die Nummer von Tom. Und das ist kein Spaß! Der hat mein Kaninchen umgebracht."

„Oh Gott!", sagte Veronika entsetzt. Endlich fühlte sich Sandra von ihr verstanden.

„Ja, bei so was hört der Spaß auf, man!"

„Sandra, ich habe keinen Scherz gemacht, als ich dir sagte, dass Tom gestorben ist." Veronikas Stimme war nun ängstlich. „Er wurde auf dem Abi-Fest umgebracht, Sandra"

Sandra wurde schwindlig.

„Bist du noch dran?", fragte die Stimme vom anderen Hörer nach einem Moment.

„Ja." Langsam ließ sie sich an der Wand hinab auf den Boden sinken. „Ja, bin ich."

„Kannst du dich denn nicht daran erinnern? Er wurde von fast allen immer gehänselt, weil er immer so blass war und ständig diese dunklen, altmodischen Klamotten trug. Sogar du hast ihn aufgezogen. Weißt du das nicht mehr? Du hast immer Witze über seine Okkultismus-Macke gemacht. Er hatte doch immer diese kleinen Kreuze aus Metall, in die er Worte ritzte. Du hast immer über ihn gelacht und gespottet: „Der Raave macht jetzt Voodoo!" Und auf der Abi-Feier ist er dann gestorben.

Sie haben ihm Unmengen an Alkohol eingeflößt. Es sollte ein Spaß sein, sie wollten, dass Tom mal richtig besoffen ist und seine ernste Art mal vergisst. Und am nächsten Tag war er tot ..."

Sandra fühlte sich, als hätte sie gerade einen harten Schlag auf den Kopf bekommen. Das konnte doch nicht wahr sein! Man wollte sie verarschen! Ein Scherz! Das musste ...

„Ich habe eines seiner Kreuze hier, Veronika." Sie wartete auf die Reaktion. Aber am anderen Ende war nichts als Schweigen. „Ich habe Tom heute gesehen, und er hat mein Kaninchen umgebracht, und er hat sich mit mir unterhalten, und er hat mir eines seiner Kreuze hinterlassen." Keine Reaktion. „Er hat auf Latein das Wort ‚todgeweiht' draufgeritzt." Dann fing sie an zu weinen.

„Sandra." Veronika fühlte sich offensichtlich unbehaglich. „Das kann nicht sein. Er ist schon lange tot, Sandra." Und die Eindringlichkeit ihrer Stimme ließ Sandra nicht mehr daran zweifeln. Sie legte auf.

Ihr Handballen pochte verrückt. Das Blut war durch den Mullverband gesickert. Vorsichtig löste sie das Ende und begann, die Binde abzuwickeln. Das letzte Stück hatte sich mit der Wunde verklebt. Sie biss die Zähne zusammen, als sie es abzog. Dann betrachtete sie sich die Wunde. Entsetzt zog sie die Luft ein. Das war kein Biss von einem Kaninchen! Es sah aus, als hätte sie sich mit einem Messer ungleichmäßig ein Stück Haut weggeschnitten. Es war kein Biss, denn es fehlte ein Stück! Ein Kaninchen kann doch nicht ... ein Kaninchen ...

Blitzartig schoss in ihr die Erkenntnis auf. Tom hatte Moritz nicht umgebracht. Er hatte Moritz gar nicht auf den Arm gehalten. Das war Max gewesen. Und Max hatte die gleiche Wunde seinem Kameraden am Hals zugefügt. Sie atmete unglaublich schnell. Sie musste hier raus!

Plötzlich ertönte ein Scharren an der Wohnzimmertür. Schwindelig richtete sie ihren Blick dorthin. Sie wollte nicht glauben, was sie dort sah. Sie konnte es nicht glauben.

Da saß ihr Hautier, ihr Max. Aber es war nicht mehr ihr Kaninchen. Das braune Fell erinnerte zwar noch daran, aber sie hatte nie gesehen, dass eines ihrer Kaninchen auf allen vier Beinen stand wie eine Katze. Und die kleinen schwarzen Augen waren nun nicht mehr sanftmütig, wie die eines Tieres, sondern funkelten böse. Sie sahen irgendwie menschlich aus. Wie die Augen von Tom.

Das Telefon schrillte plötzlich los. Sandra schrie auf. Sie riss den Hörer hoch, sie brauchte Hilfe.

„Marco? Marco! Hier passiert etwas, hier ist was nicht in Ordnung! Hörst du mich?"

„Ja, ich höre dich", antwortete die eiskalte Stimme von Tom.

Sandras Herz setzte aus, sie schluckte, sie rang nach Atem, sie riss die Augen voller Panik auf. Und alles, was sie sah, war dieses komische Geschöpf, das einst ihr Kaninchen gewesen war.

„Hörst du mich auch, Sandra?", fragte Tom düster. „Ich höre dich ganz gut. Die Frage ist nur, ob du mich gut hörst."

Sie warf den Hörer weg.

„Was ist?" ertönte die Stimme trotzdem in ihrem Ohr. „Glaubst du etwa an Voodoo?" Ein grausames Lachen folgte.

Sandra schrie. Panisch versuchte sie auf die Beine zu kommen, doch alles was sie fertig brachte, war sich enger an die Wand zu pressen.

Das seltsame Kaninchen setzte ein paar verschlagene Schritte nach vorn und sah sie dabei bösartig an.

„Glaubst du an Voodoo, Sandra? Glaubst du dran?" fragte Toms Stimme immer wieder.

„Geh weg! Geh weg!" kreischte Sandra jetzt und trampelte mit ihren Beinen.

„Ich weiß alles über dich, Sandra." Tom lachte laut auf. „Ich weiß alles... alles... alles."

Das Monster, das einmal Max gewesen war, rückte immer näher.

„Und ich weiß, dass du an Voodoo glaubst!"

Dann bleckte das Untier plötzlich die Lippen, entblößte eine perfekte Reihe von spitzen Piranhazähnen und fauchte sie wütend an.

Toms wahnsinniges Lachen begleitete sie in die Ohnmacht.

FRAUENABEND

„Viel Spaß, Schatz", verabschiedete Michael seine Frau.

„Danke, werde ich wohl haben. Weißt ja, dass die Weiber immer verrückt sind." Linda versuchte, so normal und beiläufig wie immer zu klingen. Mechanisch kramte sie die Einlage für ihre kleine Handtasche zusammen.

„Willst du nicht lieber doch die Größere …"

„Ach, halt den Mund, was verstehen Männer schon von den Handtaschen einer Frau?" Es hatte sich aggressiver angehört, als sie es beabsichtigt hatte. Und das Schlimme war, Michael hatte sogar recht. Der ganze Kram passte kaum in das kleine Lederding hinein. Ihr Mann sah sie überrascht an. Linda glaubte, auch eine Spur Argwohn in seinem Ausdruck aufleuchten zu sehen. Männer waren bei Gott nicht die feinfühligsten Geschöpfe, das war mal klar. Aber sie waren auch nicht dumm.

„Ach, du hast ja recht. Ich frage mich, weshalb ich überhaupt immer so ein Theater mache." Linda glaubte sehen zu können, dass sich ihr Mann entspannte. Ja, er zwang sich sogar ein scheues Lächeln über die Lippen. „Oder was meinst du?"

Michael zuckte vorsichtig mit den Schultern. „Ich finde Du siehst großartig aus, Schatz."

„Ja." Sie lachte. „Das stimmt schon. Aber lohnt sich das alles? Ich meine, ich gehe mit ein paar Freundinnen aus und sie tratschen mich voll und ich trinke einen Wein und am Ende komme ich zurück und du schläfst." Sie zögerte kurz. „Meinst du, ich sollte meinen Donnerstag aufgeben und mit dir verbringen?" Für ihr Vorhaben war diese Frage absolut tödlich. Sie wollte nicht, dass Michael unsicher würde. Aber es war ein kleiner Funken Hoffnung, der sie antrieb. Sie wollte das hören, was Michael wohl früher gesagt hätte, bevor sie sich Unterhaltung in Form von Frauenabenden hatte suchen müssen.

„Ich weiß nicht. Möchtest du lieber was mit mir machen?" Er sah unsicher aus. Natürlich hatte er nicht mit einem solchen Angriff gerechnet.

„Es ist nur ein Vorschlag, keine Angst", reagierte sie fast spöttisch. „Ist nun mal so, dass wir verheiratet sind, und da sollte man meinen, dass man auch mal zusammen ausgeht."

„Du hast recht", versuchte Michael noch mal zu retten. „Wie wäre es, wenn wir nächste Woche essen gehen ... und danach ... vielleicht Kino?"

„Hört sich gut an", flüsterte sie. Linda hatte Mühe, ihre Tränen zurückzuhalten. Vielleicht hätte sie schon viel früher auf diese Weise drängen sollen. Vielleicht wäre dann alles erst gar nicht so weit gekommen. Vielleicht lag sie aber auch gänzlich falsch.

Michael schien unschlüssig zu sein. „Oder wir gehen noch diese Woche aus. Samstag! Da habe ich zufällig einen freien Tag ... also, ich könnte ihn freimachen, meine ich."

„Warum denn nicht Donnerstag?", fragte sie nun listig. Michaels verhalten hatten ihre nicht geweinten Tränen verdampfen lassen. „Du weißt, dass mir der Frauenabend nicht so wichtig ist. Und es scheint in letzter Zeit so, als hättest du donnerstags auch nichts zu tun."

„Ich will dich nicht von deinen Freundinnen fernhalten, Schatz." Es klang wie eine Ausrede.

„Aber du musst zugeben, dass es völlig dämlich ist, wenn wir diesen freien Tag getrennt verbringen, wo du doch an allen anderen Tagen arbeitest."

„Ja, du hast recht. Aber ..." Er sah geradezu hilflos aus. „Okay, Donnerstag."

„Fein, dann sage ich gleich heute bescheid, dass ich nicht mehr zu den Treffen gehen werde."

„Wie, für immer?", rief Michael überrascht. „Ich würde mich da nicht so festlegen, Schatz. Vielleicht muss ich bald schon wieder donnerstags zum Büro und ... du weißt doch, wie das ist."

„Ja, da hast du recht." Linda schlug mehrmals fest auf die kleine Tasche, die daraufhin mehrere Kosmetikartikel ausspuckte. „Das Ding ist einfach viel zu klein. Ich kaufe mir morgen eine andere!" Sie ließ den Überschuss einfach verstreut im Bad herumliegen und trat an ihrem Mann vorbei in den Flur.

„Wann kommst du denn zurück?"

Linda zögerte mit ihrer Antwort. Unbeholfen bugsierte sie sich in ihren Mantel. Am liebsten hätte sie ihn im Ungewissen gelassen und gesagt, dass sie es nicht wisse, dass es gut sein könne, wenn es ihr heute nicht so gefiele ... Aber das durfte sie nicht. „Es wird spät, wie immer. Mach dir keine Sorgen." Und nach einem weiteren Moment fügte sie mit innerem Sarkasmus hinzu: „Du brauchst nicht auf mich warten."

Michael trat vor sie und lächelte. War das Erleichterung? „Viel Spaß, Schatz", wiederholte er und schloss damit sein Ritual. Sie lächelte gezwungen zurück, öffnete die Tür und trat aus der Wohnung.

Fast zwanzig Minuten später spähte sie um die Ecke des letzten Hauses ihrer Straße. Alles lag verlassen da, gespenstig beleuchtet von den Laternen, die den Fassaden der Mietshäuser einen seltsam gräulichen Schimmer verliehen. Zahlreiche Gedanken schossen ihr durch den Schädel. War sie schon zu spät? Hatte er das Haus verlassen? War irgendetwas Wichtiges geschehen? Sie versuchte sich zu beruhigen. Ja, es hatte eine halbe Ewigkeit gedauert, drei Straßen weiter einen Parkplatz zu finden, um dann zu Fuß zurückzukommen. Aber diese Zeit konnte für Michael nicht gereicht haben. Er war noch nicht mal geduscht gewesen, als er sich von ihr verabschiedet hatte. Und ein Hausbesuch, so kurz nach ihrem Verschwinden wäre schlicht zu riskant gewesen. Sie hätte etwas vergessen haben können. Sie hätte sich nach dem komischen Gespräch, dem offenbarten Wunsch nach Zweisamkeit, umentscheiden können. Sie hätte so vieles. Aber sie war sich sicher, dass die Minuten, die nun vergingen, Michael sicher machen würden. Linda war für ihn auf ihrem Frauentreff, trank ihren Wein, lachte und dachte kein Stück mehr an ihren Mann. Tatsächlich dachte sie aber mehr an ihn, als ihm lieb sein konnte. Es war verdammt kalt. Linda begann auf der Stelle zu traben. Am anderen Ende der Straße bewegte sich etwas. Augenblicklich blieb sie wieder stehen und lehnte sich an die Mauer. Dem Geräusch der Schritte zu urteilen, war es eine Frau. Das Staksen von Stöckelschuhen wurde hohl durch die eisige Luft getragen. Lindas Herz krampfte sich unangenehm zusammen. War sie das? Angestrengt versuchte sie etwas zu erkennen, doch das Weib befand sich wohl zwischen den Lichteinflüssen zweier Laternen. Wenn es doch nicht so diesig wäre. Dann tauchte die Frau plötzlich unter einem Lichtkegel auf, der viel näher war, als sie vermutet hatte. Sie war aufreizend gekleidet. Kurzer Rock in rot, enge Jacke, soweit sie erkennen konnte. Der Dampf, der aus einem Kanaldeckel aufstieg schien sie kurzzeitig verschluckt zu haben. Linda war aufs äußerste gespannt. Jetzt würde der Stöckelschuh gleich ihre Haustüre erreichen. Dann wäre alles klar!

„Entschuldigen Sie!"

Linda fuhr herum. Ein Schreckensschrei war ihr unbeherrscht entwichen. Vor ihr stand ein junger Mann. Sein Gesicht spiegelte ihren Schock wieder, obgleich er wohl nur deshalb schockiert war, dass er sie so erschreckt hatte.

„Entschuldigung... ich wollte nicht...", begann er.

Lindas Herz raste immer noch und wollte sich wohl auch so schnell, nicht beruhigen. Am liebsten hätte sie dem Kerl eine gescheuert. Aber sie rang um Fassung. „Was wollen sie?"

Der Mann schien durch ihre aggressive Frage verwirrt. „Hören sie, ich wollte sie wirklich nicht..."

„Schon gut, schon gut.", versuchte sie ihn zu beruhigen. „Sie haben mich wahnsinnig erschreckt, okay?"

Er sah schüchtern zu Boden. Erst jetzt fiel Linda auf, dass der Fremde ein gutes Stück nach hinten gewichen war. Vielleicht war sie doch etwas zu emotional gewesen. Der Drang diesen Mann zu schlagen, war jedenfalls verschwunden. Es war nicht der Typ, der junge Frauen auf offener Straße anbaggerte. „Nun sagen Sie schon, was Sie wollen." forderte Linda ihren Gegenüber um etliches sanfter auf.

„Ich... ich wollte nur fragen, wie spät es ist."

Linda konnte sich einen prüfenden Blick nicht verkneifen. Der Mann sah bei näherer Betrachtung jünger aus, als sie im ersten Moment geschätzt hatte. Der zweite Blick verriet ihr auch gleich den Grund für ihre Fehlschätzung: der Junge hatte recht feine Klamotten an, die man eher bei einem

Mann wie Michael vermuten würde. Dieser Typ war aber keinesfalls in Michaels Alter, sondern gut zehn Jahre jünger, wohl so um die zwanzig.

„Haben sie nun eine Uhr bei sich?", fragte der Fremde noch eine Spur verlegener.

„Ach ja, natürlich." Linda fühlte sich mit einem Mal sehr unwohl. Hastig sah sie auf ihre Armbanduhr und teilte die Uhrzeit mit.

„Danke." Der Junge trat an ihr vorbei. „Und nochmals Entschuldigung..."

„Schon gut, nichts passiert.", blockte Linda ab. Sie wollte den Jungen schnellstmöglich loswerden. Dank ihm hatte sie verpasst, wohin die Stöckelfrau verschwunden war. Und nebenbei hatte sie jetzt zusätzlich das peinliche Bild vor sich, wie man sie beim Spionieren ertappt hatte. Was der Kerl sich wohl jetzt denken musste?

Eilig trat sie auf die andere Straßenseite. Es sollte so wirken, als hätte sie schon immer vorgehabt, hierher zu gehen. Der Junge aber achtete gar nicht mehr auf sie, sondern ging ganz normal die Straße entlang.

Linda überlegte, was sie jetzt tun sollte. Sie verzögerte ihren Schritt. Dreißig Meter schräg gegenüber auf dem anderen Bürgersteig verschwand der junge Mann im Eingang zu ihrem Haus. Überraschung überwältigte sie. Sie war sich sicher, dass sie den Jungen nie zuvor gesehen hatte – und schon gar nicht hier, oder im Treppenhaus des Mietshauses, deren zweite Etage sie und Michael bewohnten. Leise hörte sie, wie die schwere Türe ins Schloss fiel. Erneut schaute sie auf die Uhr. Jetzt war über eine halbe Stunde vergangen. Vorsichtig sah sie an der Fassade hoch, immer bereit, sofort in Deckung zu gehen. Aber dazu gab es keinen Anlass. Im Erdgeschoss waren die Rollladen heruntergelassen. Der erste Stock war unbeleuchtet. Darüber, in ihrer eigenen Wohnung, war Dämmerlicht auszumachen. Ein leichtes Zucken lenkte ihren Blick auf die Wohnung, die sich über ihr befand. Bläuliches Licht flackerte, was darauf schließen ließ, dass dort jemand fernsah. Eigentlich hätte sie das normalerweise auch von Michael erwartet... Linda beschloss, noch ein paar Minuten zu warten. Obwohl sie sich bereits vollkommen sicher war, dass die Frau, die sie vorhin beobachtet hatte, nun bei Michael war, wollte sie dennoch nichts überstürzen. Im Grunde hatte sie keinen einzigen Beweis, dass ihr Mann fremd ging. Aber die Ahnungen, die sich mittlerweile angehäuft hatten, waren einfach nicht zu verdrängen. Michael hatte schon seit geraumer Zeit aufgehört, sich für die Nacht zu duschen, um mit ihr zu schlafen. Seit einigen Wochen roch sie aber sein teures Parfum, wenn sie von ihrem Frauenabend heimkam. Die paar Male, bei denen er das Duftwasser ihr zu Liebe benutzt hatte, konnte sie an einer Hand abzählen. Und war es nicht geradezu komisch, dass eine sexy gekleidete Frau durch die Straße ging, nachdem sie angeblich zu ihrem Donnerstagstreffen aufgebrochen war?

Ein paar Minuten später stand Linda im unbeleuchteten Treppenhaus. Sie hatte die Warterei satt. Dies war definitiv die falsche Jahreszeit, um draußen zu observieren. Angespannt wartete sie darauf, dass sich ihre Augen an die neuen Lichtverhältnisse gewöhnten. Natürlich wollte sie möglichst ohne Aufmerksamkeit zu erregen hoch schleichen, was auch bedeutete, dass sie sich den Luxus des Treppenhauslichtes versagen musste. Bedächtig begann sie ihren Aufstieg. Ihre rechte Hand führte sie am Geländer. Dumpfe Geräusche drangen zu ihr hervor. Es war erstaunlich, wie laut alles war, wenn man erst in der Dunkelheit stand. Die Dame aus dem Erdgeschoss sah sich eindeutig eine Quizshow an. Linda erreichte den ersten Treppenabsatz, wand sich den nächsten Stufen zu, die sie in die andere Richtung führten. Als sie die erste Etage betrat, lauschte sie einen Augenblick angestrengt. Von oberhalb vernahm sie ein Durcheinander von sehr leisen Klängen. Sie versuchte etwas herauszuhören, eine Zuordnung möglich zu machen. Aber der Fernseher im Untergeschoss war zu laut. Doch gerade als sie die nächste Stufe nach oben betreten wollte, erhob sich ein Laut über die sanfte Geräuschkulisse. Linda erstarrte. Es war eine Art Aufschrei gewesen. Männlich. In ihrem Kopf wurden einige Situationen abgespult, zu denen ein solcher Ausruf passen konnte. Ihr wurde schlecht. Krampfhaft klammerte sie sich an das Geländer und zog sich bis zur nächsten Ebene hinauf. Jetzt konnte sie allmählich ein unterdrücktes Stöhnen hören. Ja, das war genau die Situation, die sie sich in ihren Befürchtungen ausgemahlt hatte. Etwas wurde umgestoßen und landete mit einem dumpfen Schlag auf dem Boden. Linda schluckte. Dieses Geräusch kam eindeutig aus ihrer Wohnung! Sie hatte sogar die Vermutung, dass es der Hutständer in ihrem Schlafzimmer war, den sie vor kurzem gekauft hatte. Ihre Kehle war wie zugeschnürt. Wieder dieser Lustschrei, den sie nun beim zweiten Hören exakt als solchen identifizierte. Ihr Atem beschleunigte sich. Ein brennendes Ziehen brach durch ihren Hals und sie musste sich die Hände auf den Mund pressen, um nicht laut aufzuschluchzen. Lediglich ein dünnes Fiepen drang ins Treppenhaus, um von ihrem ungehörten Leid zu erzählen. Verzweifelt versuchte sie ihre Tränen zurück zu kämpfen. Es misslang. Hektisch wischte sie sich durchs Gesicht, ohne an ihr Aussehen zu denken. Nein, jetzt war eh alles verloren, jetzt brauchte sie nicht mehr darauf zu achten, wie sie Michael gegenüber trat. Ein besonders ekelhaftes Aufstöhnen bahnte sich seinen Weg in ihr Ohr. Das war zu viel. Linda riss sich zusammen und stürmte mit einem Ruck vor. Sie gab sich keinerlei Mühe mehr, ungehört zu sein. Das einzige, was sie jetzt noch wollte, war ihrem Mann den Spaß zu verderben. Sie wollte ihn zur Rede stellen, sie wollte ihn anschreien, schlagen. Sie wollte das Flittchen umbringen, sie mit ihrer eigenen Strumpfhose erwürgen.

Brutal rammte Linda ihren Wohnungsschlüssel gegen das Türschloss. Sie verfehlte ihr Ziel. Kraftvoll versuchte sie es erneut. Dann schlug sie wütend das Licht an und versuchte es mit dieser Hilfe nochmal. Der Metallbart rauschte in die dafür vorgesehene Öffnung, wurde zur Seite gezwungen und gab schließlich die Verriegelung auf. Linda drängte die Tür in die Wohnung und stürmte in den heimischen Flur. Sämtliche Zimmertüren waren geschlossen, was sie in ihrer Raserei jäh bremste. Sie hatte diese Türen von ihrem jetzigen Standpunkt nie verschlossen vorgefunden. Dieses Bild war dermaßen fremd, dass es einige Sekunden brauchte, bis sie sich wieder von ihm losmachen konnte. Schließlich setzte sie ihren Angriff aber weiter fort, obwohl einiges von ihrer Sicherheit verloren gegangen war. Nicht mehr ganz so entschlossen drückte sie die Klinke zum Wohnzimmer. Ein vertrautes Bild schlug ihr entgegen. Alles war so, wie sie es verlassen hatte. Michaels Buch lag auf dem Tisch. Eine Wolldecke unordentlich gefaltet auf der Couch. Die Leselampe sorgte für gemütliche Atmosphäre. Linda erlag dem Gedanken, dass sie sich ja einfach dort hinsetzen könnte, um so zu tun, als wisse sie von nichts, als wäre gar nichts passiert. Ihre Aufmerksamkeit wurde von der geschlossenen Schlafzimmertüre angezogen. Auch dieses Bild war befremdlich, machte ihr Angst. Was würde sie hinter dieser Türe finden? Wollte sie es überhaupt wissen? Es war alles so still, so trügerisch. Lediglich in ihren Ohren rauschte der Tornado weiter, der sie so stürmisch herein geführt hatte. Aber sie hatte keine Wahl. Sie musste es erfahren. Jetzt!

Entschlossen trat sie auf das Schlafzimmer zu und zog völlig außer Atem die Tür auf. Linda bewegte sich nicht. Auch hier sorgten die Nachttischleuchten für Schummerlicht. Das Bett war zerwühlt. Überall lagen Kleidungsstücke. Michael stand zwischen Ehebett und Kleiderschrank und sah sie entsetzt an. Der Hutständer war tatsächlich umgeworfen worden. Aber keine Frau war zu sehen!

„Ha... hallo, Schatz." Michael hörte sich an, als würde er jeden Moment in Tränen ausbrechen. Linda starrte ihn an. Über seine linke Schulter baumelte ein dunkelroter Büstenhalter. Eine löchrige Strumpfhose wand sich um seine Beine und machte den Eindruck, als habe man sich in aller Eile von ihr trennen wollen. Michaels Mund war mit roter Farbe verschmiert. Der dazugehörige Lippenstift lag neben seinen Füßen. „Linda...", begann er wieder, wobei sich seine Stimme noch schrecklicher anhörte. Linda konnte nichts sagen, gab lediglich ein Zeichen mit der Hand, dass er aufhören solle. All die Anspannung fiel plötzlich von ihr ab. Sie hatte keine Kraft mehr in den Beinen. Erschöpft schwankte sie zur Couch und ließ sich fallen. Das, was sie gerade gesehen hatte, musste verarbeitet werden. Über ihr in der Wohnung hörte sie das lustvolle Aufstöhnen, dass sie schon im Treppenhaus vernommen hatte.

Eine halbe Stunde später schreckte Linda von der Couch. Aus dem Schlafzimmer drangen vereinzelt Geräusche, die ihr verrieten, dass Michael das Chaos beseitigte. Sie hatte völlig benebelt dagesessen und einfach nichts getan. Und jetzt stand sie plötzlich mitten im Raum und blickte in die fragenden Augen dieses Jungen.

„Was machen sie hier?", blaffte sie ihn verschreckt an.

„Entschuldigen Sie...", stammelte er. „Ich... ich wollte Sie nicht schon wieder..."

„Sparen Sie sich das! Was wollen Sie in meiner..."

Der Junge deutete zur Eingangstür, schien aber zu eingeschüchtert, um etwas sagen zu können. Plötzlich trat ein weiterer Fremder zu dem Jungen in den Flur. „Entschuldigung. Menning mein Name, ich habe die Wohnung über dieser."

Linda starrte die beiden fassungslos an.

„Mein Freund dachte, es sei etwas passiert." Der jüngere nickte zustimmend, während ihr Nachbar fortfuhr. „Die Wohnungstür stand offen, wissen Sie, er wollte nur bescheid sagen ..."

„Ach herrje." Linda errötete. „Ich bin ein wenig durcheinander. Wollen Sie nicht herein kommen? Also, ach..." Sie trat auf die beiden zu und wollte ihnen die Hand geben, musste aber plötzlich lachen. „Tut mir leid, wenn ich Sie erschreckt haben sollte..."

„Nein, haben Sie nicht.", beschwichtigte der Jüngere. Linda knipste das Licht im Flur an und schloss die Wohnungstür. Dann betrachtete sie die beiden unerwarteten Gäste. Der Junge war hübsch. Hübscher als sie noch vor Ewigkeiten auf der Straße hatte erahnen können. Der Mann, der sich ihr als Menning vorgestellt hatte, war in Michaels Alter und sehr gepflegt. Sie hatte ihn noch nie gesehen, lediglich von der alten Dame unten gehört, dass ein hübscher Junggeselle eingezogen sei.

Linda bemerkte, dass die Situation immer schrecklicher wurde. Ein betretenes Schweigen hatte sich über sie gelegt. Nervös suchte sie in ihrem Kopf nach etwas Sinnvollem, das sie sagen konnte. Doch dann fiel ihr wieder das Stöhnen ein, das aus der Wohnung über ihr gekommen war. Sie errötete nochmals.

„Na, wenn alles okay ist, können wir ja jetzt gehen.", brach Menning die unangenehme Stille. „Wir wollten noch etwas aus."

„Oh natürlich." Linda schreckte fast aus ihrer Verlegenheit und wollte gerade die beiden Männer hinaus lassen, als Michael im Türrahmen erschien. Er hatte noch immer Lippenstift über den Mund geschmiert. Der Jüngere taxierte ihn kurz und lächelte ihn dann an. Linda hielt sich am Türgriff fest. Menning nahm den Jungen bei der Hand und drückte diese, ganz so, wie Linda es selbst getan hätte. Nur dass diese altbekannte Geste ihr bei zwei Männern absolut seltsam vorkam.

„Das ist mein... Mann.", stellte sie vor. „Michael." Sie räusperte sich. „Ich bin übrigens Linda." Sie stakste auf die beiden zu und reichte ihnen zum zweiten Mal die Hand. Diesmal hatte Menning auch die Chance, sie zu ergreifen.

„Freut mich. Aber wir müssen jetzt wirklich los."

„Ja. Wenn Sie möchten, können Sie ja mal zum Kaffee ...", begann Linda, während sie die Wohnungstür für die beiden Männer öffnete. Schließlich begriff sie, dass sie nicht weitergesprochen hatte, und fügte noch an: „Also, sie beide."

„Danke, sehr freundlich.", verabschiedete sich Menning und trat in das Treppenhaus. Der Junge folgte ihm mit einem schüchternen Lächeln, aber nicht, ohne noch einen Blick auf Michael zu werfen. Dann schloss Linda die Tür.

„Redest du noch mit mir?", fragte Michael, als er nach einer schier endlosen Dusche den Kopf ins Wohnzimmer hinein streckte. Linda musste über diese Vertrautheit lachen. Ihr Mann konnte einfach das beste Hundegesicht machen. Und doch war die Situation ernst.

„Ja, ich rede noch mit dir.", antwortete sie, während Michael sich neben sie setzte. „Aber wir müssen da wohl ein paar Dinge klären."

Michael nickte nur stumm. Er sah aber nicht so elend aus, wie Linda erwartet hatte.

„Das war mal ein wirklich mieser Abend.", fasste sie mehr für sich als für ihren Mann zusammen. Sie bekam auch keine Antwort darauf.

„Weißt du, ich habe echt gedacht, dass du mir fremd gehst.", schnitt sie schließlich das brenzlige Thema an. „Ich dachte ich würde dich mit einer anderen Frau im Bett erwischen." Sie zögerte kurz. „Hast du gehört, was da oben los war?" Ein hölzernes Lachen brach aus ihr heraus.

„Tut mir leid Schatz, wenn ich dich erschreckt haben sollte." Michael sah sie nicht an. „Überhaupt tut mir das alles leid. Ich wollte nicht, dass du…"

„Weißt du, ich finde es gar nicht so schlimm. Ich will nur wissen, wie weit es geht."

„Was meinst du damit?"

„Na ja, du fandest doch nicht auch diesen jungen Kerl so toll, wie er dich toll gefunden hat, oder?"

„Er fand mich toll?", fragte Michael überrascht.

„Lenk jetzt nicht ab. Ich will wissen, was los ist!"

„Es war einfach eine grandios dämliche Idee.", sagte Michael. „Reicht das?"

„Ich fürchte nein. Wenn du dir gern Strumpfhosen anziehst, dann sollte ich die Person sein, die davon weiß."

„Wie schon gesagt, ich habe da keine Vorliebe. Ich wollte es nur mal ausprobieren. Du weißt doch, dass da letztens diese komische Tunten-Show im Fernseher lief."

Linda nickte. An ihrem letzten Frauenabend hatten sie darüber gesprochen.

„Ich dachte einfach, dass ich das auch mal ausprobieren will. Das ist alles." Er sah wieder verschämt weg. Linda beugte sich aber vor, drehte seinen Kopf zu sich und küsste ihn.

„Du bist echt ein Schwachkopf, Michael", resümierte sie daraufhin. „Ich würde gern wissen, wenn du demnächst noch mal so was vorhast, okay?"

Darauf lachte er nur und ging ins Schlafzimmer. Linda folgte ihm.

Nachdem sie miteinander geschlafen hatten, drehte sich Michael um und gab kurze Zeit später ein leises Schnarchen von sich. Linda aber blieb noch lange wach. Immer wieder dachte sie darüber nach, dass Michael sich nicht erst seit letzter Woche so seltsam benommen hatte. Er hatte auch schon die beiden Wochen davor sein Parfum aufgelegt. Ob er sie letztlich doch belogen hatte mit der Travestie-Show? Unruhig drehte sie sich auf die andere Seite. Machte es ihr wirklich nichts aus, wenn Michael ab und zu Frauenkleider trug? Sie hatte es ihm so gesagt. Ja, natürlich war diese Entdeckung ihr um einiges lieber, als eine andere Frau in ihrem Schlafzimmer vorzufinden, aber ob sie damit leben könnte ... Wie seltsam Menschen doch manchmal waren. Wie seltsam sie fühlten. Einen kurzen Moment dachte sie an Menning. Nein, Michael war nicht schwul, davon war sie überzeugt. Sie hätte es gemerkt, wenn er auch nur einmal einen Mann angeguckt hätte. Aber im Grunde war er auch nicht der Typ, der sich einen Büstenhalter umschnallte, nur um zu wissen, wie das so ist. Linda brachte sich wieder in eine andere Position. Ihr Bett war unbequem. Etwas drückte ihr in den Rücken. Wahrscheinlich hatte sie sich bei der ganzen Aufregung verknackst. Sie wälzte sich so lange, bis sie das Gefühl hatte, endlich gut zu liegen. Von der blonden Leiche mit dem roten Minirock im Bettkasten hatte sie natürlich keine Ahnung.

Die Geburt

Als der fremde Mann aus dem Wald auftauchte, wurde Maik unruhig. Es verirrte sich nie jemand auf diesem Weg auf das Gut. Maik schaltete den Traktor aus und sprang ab. Der Mann war noch gut dreißig Meter entfernt und führte, was besonders erstaunlich war, eine Kuh mit sich. Erst war sie im Unterholz kaum zu sehen gewesen, wie ihr Begleiter auch, doch nun traten sie auf den Acker, den Maik zu pflügen hatte. Nervös überlegte er, was er dem Fremden sagen sollte. Weshalb kam überhaupt jemand hier her, schon gar mit einer Kuh an der Leine?

„Hallo", rief der Mann ihm entgegen. Auch wenn die Begrüßung freundlich klang, nahm Maiks Unwohlsein nicht ab.

„Hallo", antwortete er etwas leiser, denn das seltsame Gespann war schon fast bei ihm.

„Du gehörst zum Hof?" Der Mann war schon älter. Sicher über fünfzig.

„Ja. Wie kann ich ihnen helfen?"

„Ich habe vor einiger Zeit diese Kuh bei euch gekauft", fing der Alte an und deutete auf das Tier. „Ich bin nicht ganz zufrieden." Er lächelte verschmitzt.

Maik wusste nicht, was er sagen sollte. Er hatte die Kuh mittlerweile als Schwate erkannt, die sein Vater vor fast neun Monaten verkauft hatte. „Es tut mir leid, dass sie nicht zufrieden sind. Was stimmt denn nicht?"

„Sie gibt kaum Milch."

Maik sah das Tier zweifelnd an, dann wandte er sich wieder an den komischen Fremden. „Sie ist trächtig, das wissen sie doch, oder?"

„Nein, verkauf mich nicht für blöd, Bengel, das Tier ist nur fett gefressen. Als ich es gekauft habe, hat man mir gesagt, dass sie eine der besten Milchkühe ist." Der Mann verzog ärgerlich die Stirne. „Ich jedenfalls habe davon nichts gemerkt."

Maik war verunsichert. „Was wollen sie denn jetzt?"

„Na, ist das nicht klar? Ich will das Vieh wieder zurückgeben."

Maik war sprachlos. Ausgerechnet jetzt machte dieser Typ Probleme. Sein Vater war gestern fortgefahren. Irgend so eine Vereinigung, bei der er dabei sein musste. Und Maik für diese drei Tage so gut wie allein auf dem Hof. Es war kein Problem für ihn, die drei Kühe und ein paar Hühner zu versorgen, die sie auf ihrem kleinen Hof beherbergten. Auch die Ackerarbeit, die sein Vater ihm noch aufgetragen hatte, bewältigte er allein. Doch mit einer solchen Situation hatte keiner rechnen können.

„Gehört deinem Vater der Hof?"

„Ja", antwortete Maik ohne zu zögern.

„Gut, dann kann ich die Sache ja mit ihm besprechen. Bin mir sicher, dass wir da eine Einigung hinkriegen."

Oh Gott. Maik wollte dem Fremden gar nicht sagen, dass sein Vater weg war und er das Gut allein betreute. Aber so wie es aussah ... Der Alte hatte sich schon in Bewegung gesetzt.

„Tut mir leid, aber mein Vater ist momentan nicht da, der kommt erst heute Abend wieder."

„Das ist kein Problem, dann warte ich eben."

Maik wurde heiß. Sein Vater würde frühestens morgen Abend zurück sein. Die Kuh röhrte plötzlich laut und begann zu schnaufen. Es war offensichtlich, dass das Tier hoch schwanger war. Wie konnte der Typ das nur verleugnen?

„Was wollen sie denn für Schwate haben?"

„Für wen?"

„Na für die Kuh. Was wollen sie haben, dafür, dass wir sie zurücknehmen?"

„Jungchen, ich will das Vieh los werden. Die Kuh hat sich bei mir nicht bezahlt gemacht. Von mir aus lasse ich sie dir gleich hier."

Maik war entsetzt. „Was? Sie wollen kein Geld?" So schlecht konnte doch kein Rind sein!

„Nein, ich will, dass ihr das Tier nehmt und eure Scheiße selbst ausbrütet."

Maik wich einen Schritt zurück. Der Alte sah ihn finster und durchdringend an. Maik war sich bewusst, dass er dem Fremden hier völlig schutzlos ausgeliefert war. Was, wenn er eine Waffe hatte? Dieser Mann war eindeutig übergeschnappt.

„Wenn sie möchten, dann können sie Schwate ... die Kuh hier lassen", ging Maik auf den Mann ein.

„Das ist gut. Gleich hier? Und du kommst auch klar mit ihr?"

„Wieso sollte ich nicht?"

„Du bist allein auf dem Hof."

Maik schluckte. „Nein", log er, „Es sind noch ein paar ... Helfer da." Er räusperte sich. „Mein Vater würde mich nie allein auf dem Hof lassen."

„Dein Vater, Junge, ist ein schlechter Mann."

Maik schwieg.

„Er hat mir diese Kuh verkauft, obwohl er über sie bescheid wusste."

„Schwate hat bei uns immer gute Dienste geleistet", versicherte Maik.

„Ja, das mag sein. Jetzt ist sie nichts mehr wert." Der Mann kam bedrohlich auf ihn zu. „Wenn ich gemein wäre, würde ich noch Geld von euch nehmen. Aber es reicht mir, wenn ihr eure Kuh zurück bekommt. Das wird Strafe genug sein." Dann zog sich der Alte unerwartet zurück. „Grüß deinen Vater von mir", lachte er noch, bevor er sich abwandte und wieder zum Wald stapfte.

Schwate stand muhend vor Maik und sah ihrem ehemaligen Besitzer verblüfft nach. Wieder wurde ihr Atem schneller und sie gab einen kehligen Laut von sich. Maik tätschelte das Tier.

„Schon gut Schwate. Du kommst wieder in unseren Stall, okay?" Das Tier gab keine Antwort. „Komm, Schwate, ich bring dich rein." Maik zog an der Leine, die der Kuh um den Hals gelegt worden war. Ihr braunes Fell glänzte in der Herbstsonne. Wieder wunderte sich Maik, dass jemand ein so schönes Rind einfach verschenkte.

Als die Kuh schließlich im Stall verstaut war, betrachtete Maik sie noch mal eingehend. Es bestand kein Zweifel, dass Schwate schwanger war. Auch wenn Maik kein Experte auf diesem Gebiet war, stellte diese Möglichkeit die einzige Erklärung für das Verhalten der Kuh dar. Schwate war unruhig und atmete nervös. Eine weitere Erklärung wäre vielleicht, dass die Kuh krank war. Maik wurde mulmig zumute. Natürlich könnte der Alte sie deshalb zurückgegeben haben. Die Einschläferung und Beseitigung des Kadavers kostete eine schöne Stange Geld. Dazu kam dann der schlechte Ruf, falls es sich um Rinderseuche handelte. Aber über so was wollte er lieber nicht nachdenken. Es würde eh schon genug Ärger von seinem Vater geben, wenn er ihm die Geschichte mit Schwate erzählte. Der Herr des Hauses hatte seine ganz eigenen Ansichten von dieser Wirtschaft, und Maik ahnte schon, dass ihm eine zusätzliche Kuh nicht gefallen würde. Sicherlich würde er überaus misstrauisch sein, was das seltsame Geschenk anging. Sein Vater war stets darauf bedacht, den Ruf seines Hofes sehr zu pflegen. Und die Butter, die er nach alter Tradition mehr als Hobby denn als Einnahmequelle herstellte, war in näherem Umkreis schon preisgekrönt und sehr begehrt. Ein schlechtes Tier würde da natürlich nicht gerade positiv einfallen.

Maik warf Schwate noch etwas Stroh in die Ställe und begab sich wieder nach draußen. Die merkwürdige Kuh brummte ihm dumpf hinterher. Es war kälter geworden und der Himmel dunkelte bereits ab. Auf dem Acker stand noch der Traktor. Es war ein unheimliches Bild in der Abenddämmerung das Gefährt mitten auf dem Feld stehen zu sehen. Für normal wäre er schon längst fertig gewesen. Und wenn sein Vater nicht fort wäre, dann hätte er den Acker schon viel früher pflügen müssen.

Zwei Stunden später stand der Trecker samt Egge schließlich im Schuppen. Maik war erschöpft. Eigentlich hatte er sich heute noch mit ein paar Freunden treffen wollen, doch das hatte er mit dem Neuzugang von Schwate bereits gestrichen. Jetzt wollte er nur noch baden und danach vielleicht etwas ferngucken.

Schlapp schlich er auf das Wohngebäude zu. Seine Stiefel schlurften. Neben ihm aus den Stallungen vernahm er das stoßweise Muhen von dem schwangeren Rind. Zumindest hoffte er, dass es nur trächtig war und nicht etwa doch krank. Immer wieder kam Maik in den Sinn, dass Schwate die anderen beiden Kühe eventuell anstecken könnte. Gar nicht auszudenken, was das für einen Verlust bedeuten könnte.

Das heiße Wasser seines Dampfbades brachte ihn langsam auf andere Gedanken. Schon seit längerem träumte er davon, nicht mehr bei seinem Vater eingespannt zu sein. Die Schule hatte er gerade mit Abitur abgeschlossen. Sein Vater war im Grunde auch dagegen gewesen. Für ihn waren es nur drei weitere Jahre, in denen ihm die Hilfe seines Sohnes fehlte. Sicherlich war der Hof nicht groß genug, als dass sein Vater nicht allein klarkommen konnte, doch eine helfende Hand erleichterte ihm doch schon einiges. Und wenn Maik an seine Klassenkameraden dachte, die sich jetzt zumeist in Urlaub befanden, dann bekam er doch große Zweifel, ob ihm ein Leben auf diesem Hof auf Dauer gefallen würde. Heimlich hatte er sich bereits über diverse Studienfächer erkundigt. Eines stand bei diesem Vorhaben aber grundsätzlich fest: Es musste möglichst weit fort sein, damit sein Vater nicht auf die Idee kommen konnte, ihn wieder zurück zu beordern. Gegen einen solchen Entschluss stand natürlich die Tatsache, dass Maik keinerlei Erfahrung mit Großstädten hatte. Alles, was er bisher kannte, war dieses Landstück, die Dorfschule und eventuell die ein oder andere Disco, die er mit Freunden außerhalb besucht hatte. Das würde ganz sicher nicht reichen. Und wenn die Stadt dann auch noch weit weg liegen sollte, dann war es schon fast unmöglich. Wie sollte er dort eine Wohnung finden? Könnte er überhaupt für seinen Unterhalt sorgen? Mit bitterer Beklemmung dachte er an diese unzähligen Filme, in denen Dorftrottel unfreiwillig zum Gespött von Städtern wurden, indem sie einfach alles falsch machten. Aber durfte er sich von solchen Klischees aufhalten lassen? Sicher, es würde garantiert nicht einfach werden, aber unmöglich war es garantiert nicht …

Unten im Haus schlug eine Türe zu. Maik fuhr zusammen. Mit einem Schlag war er aus seinen Grübeleien aufgetaucht und hellwach. Angespannt lauschte er. Sein Herz schlug heftig gegen die Innenwand seines Körpers. Ganz langsam erhob er sich aus dem Wasser, um so wenig Krach wie möglich zu erzeugen. Seit dem Zusammentreffen mit dem alten Kauz hatte er ein ganz seltsames Gefühl. So, als ob er nicht mehr sicher wäre. Und normalerweise schlugen in diesem Haus keine Türen zu, wenn niemand außer ihm da war.

Hastig trocknete er sich ab und lauschte dabei immer wieder nach weiteren Geräuschen. Aber vergebens. Die ungebrochene Stille, die nach dem Knall wieder eingetreten war, beruhigte ihn aber keinesfalls. Maik war hoch wachsam. Eilig schlich er sich auf sein Zimmer, zog schnell ein paar Sachen über und postierte sich dann am Treppenabsatz. Wenn sich nun ein Einbrecher im Haus befand, dann wollte er ihm ungern über den Weg laufen. Aber viel wahrscheinlicher war es, dass der Alte zurückgekommen war, um entweder seine Kuh abzuholen oder Geld für sie zu verlangen.

Vorsichtig setzte Maik in Bewegung und stieg ganz sachte die Treppe hinab. Er rechnete damit, dass jeden Moment der Typ auftauchen würde, um ihm ... Plötzlich hörte er ein fremdartiges Geräusch. Wie erstarrt blieb er stehen. Es kam von draußen. Maik sah sich nochmals um und huschte anschließend zur Haustüre. Sie war verschlossen, so wie er sie hinterlassen hatte. Achtsam ging er zur Hintertüre, die er ebenfalls intakt vorfand. Keinerlei Anzeichen für einen Einbruch. Wahrscheinlich hatte ihn der Besuch des Verrückten doch mehr verschreckt, als er es gern glauben wollte. Dann vernahm er wieder das Geräusch. Es war ein tiefes Grollen, aber eindeutig nicht menschlich. Maiks Nacken begann zu kribbeln. Er war sich nicht sicher, ob er noch in diesem Haus bleiben sollte, oder ob er nachschauen sollte, was dieses unheimliche Geräusch verursachte. Dann schrie plötzlich etwas gequält auf und mit einem Mal erkannte Maik, dass es die Kuh war, die im Stall brüllte. Alarmiert riss er die Türe auf und lief über den kleinen Hof auf den Stall zu. Mittlerweile war es fast gänzlich dunkel, nur ein letzter Schimmer von Tageslicht hielt sich noch, um das Nebengebäude in eigentümliches, silbriges Licht zu tauchen. Maik achtete nicht darauf, er spurtete geradewegs auf die schwarze Öffnung zu, blieb dann aber kurz vor dem Eingang abrupt stehen. Wieder schrie die Kuh, aber diesmal, aus der Nähe, ohrenbetäubend laut, sodass es Maik bis ins Mark erschütterte. Noch nie hatte er ein Tier so brüllen hören. Und dann wurde ihm unvermittelt klar, dass er auch noch nie bei einer Geburt dabei gewesen war. Sein Vater hatte immer etwas dagegen gehabt, Kälber zu züchten, weil es seiner Meinung nach zu viel Stress wäre. Aber genau das, da war sich Maik sicher, würde heute passieren: Schwate würde kalben. Die Kuh war hochschwanger, aber Maik hatte keinen einzigen Gedanken daran verschwendet, dass das Tier noch in dieser Nacht werfen könnte. Hilflos stand er auf der Schwelle zum Stall und blickte in das Dunkel. Schwate stand wie versteinert auf ihrem Platz, jeden Muskel aufs Bersten angespannt. Dann schrie sie wieder, diesmal noch lauter und grausamer als zuvor. Fast hätte Maik vor Schreck mitgeschrien, so aufgeregt war er. Das Verhalten der Kuh erschütterte ihn vollkommen, zeigte ihm, wie wenig er doch Herr der Lage war ohne seinen Vater. Aber das Schlimmste war, er konnte sich beim besten Willen nicht vorstellen, dass diese Schreie von Schwate auch nur entfernt normal waren. Sie klangen auf schreckliche Weise menschlich.

„Schwate, beruhig dich", versuchte Maik das Tier schließlich zu besänftigen. „Ich bin ja bei dir." Wenn er nicht so viele Befürchtungen gehabt hätte, hätte er ganz sicher über diesen sinnlosen Trost gelacht. Er hatte keinerlei Ahnung, was er tun musste, und demnach hatte das Tier wohl allen Grund, vor Panik und Schmerz zu brüllen.

Wieder schlug eine Tür zu. Maik schreckte auf. Instinktiv duckte er sich und huschte in einen dunklen Schatten neben dem Tor. Von hier aus konnte er die Hintertür des Wohnhauses schwach ausmachen. Doch nichts bewegte sich dort, nicht mal der kleinste Schatten. Maik war dennoch zutiefst beunruhigt. Natürlich, er hatte die Türe ganz sicher nicht geschlossen, schließlich war er ja aufgeregt zum Stall gelaufen, aber trotzdem riet sein Gefühl ihm, wachsam zu sein. Regungslos hielt er seinen Blick auf den Hintereingang des Hauses gerichtet. Nichts geschah. Erst als die Kuh hinter ihm wieder laut brüllte, änderte er seine Position. Was war, wenn er dem Tier eigentlich helfen musste? Schwach erinnerte er sich an einen alten Film, in dem man das Kalb mit Seilen aus dem Muttertier geholfen hatte. Maik fühlte sich armselig. Wenn er Schwate doch nur irgendwie helfen könnte. Dann wurde er durch ein weiteres Türschlagen aus den Gedanken gerissen. Keuchend richtete er seine Aufmerksamkeit wieder auf die Tür. Sie war geschlossen wie zuvor. Bildete er sich das etwa nur ein? Plötzlich aber tauchte ein großer Schatten gleich vor ihm am Eingang auf. Fast hätte Maik laut geschrien. Sein Herz raste wie wild. Die Gestalt bewegte sich nicht mehr. Suchte sie ihn? Dann hörte er ein Lachen, das durch seinen heiseren Klang unecht und bösartig wirkte. Es war der Mann vom Feld. Bestimmt wollte er nun doch Geld für seine Kuh. Schwate schrie wieder auf, ja schien regelrecht zu kreischen, als wenn sie panische Angst hätte. Der Mann trat in den Stall und ging auf das Tier zu.

„Ruhig, dämliche Kuh", krächzte er mit seiner gebrochenen Stimme. „Du musst ertragen, was man dir angetan hat!" Dann ertönte wieder dieses grausame Lachen. Maik hielt sich noch immer versteckt.

„Offensichtlich will man dich leiden lassen, Tier, denn niemand ist hier, um dir zu helfen." Die Gestalt drehte sich einmal in alle Richtungen. Maik fröstelte. Ganz offensichtlich wusste der Typ, dass er hier im Schatten hockte und ihn beobachtete.

„Man will dir nicht helfen, Kuh!", lachte er dann laut. Schwate brüllte abermals los. Ein unerträglicher Krach durchsetzt vom endlosen Gelächter des

Mannes. Schweiß stand auf Maiks Stirn und perlte von dort seinen Schläfen hinunter. Dann sprang er endlich auf, griff eine Schaufel von der Wand und trat auf den Mann zu.

„Oh!", rief dieser in gespielter Überraschung. „Doch jemand auf dem Hof?"

„Was wollen sie hier?", fragte Maik mit wackliger Stimme.

„Ich dachte mir, dass du vielleicht Hilfe gebrauchen könntest, Bengel." Der Fremde zog das Wort Bengel so in die Länge, dass er jeden Buchstaben mit seinem hässlichen Lachen betonen konnte.

„Woher wissen sie ..."

„Ich weiß alles!", lachte der Mann und Schwate schrie wieder vor Schmerz oder Angst. „Ich weiß alles!" Der Kerl hatte nun die Arme ausgebreitet und den Kopf in den Nacken gelegt, um sein röhrendes Gelächter in die Dachbalken zu schicken. Ganz eindeutig, dachte Maik, dieser Mann ist verrückt im Kopf. Und er war allein auf dem Hof. Allein mit einer kalbenden Kuh, der er nicht helfen konnte. Dann brach das Lachen ab und unerwartet schoss das Gesicht des Fremden auf Maik zu, blieb ein paar Zentimeter vor seinem stehen und fragte ganz leise: „Du willst Hilfe?"

Maik wusste nicht, was er sagen sollte.

„Wenn ich dir helfen soll, dann will ich etwas von dir haben." Die Worte wurden von einem säuerlichen Hauch Atem zu ihm getragen.

„Was? Was wollen ..."

Maik spürte plötzlich eine Hand, die auf der Innenseite seiner Schenkel nach oben strich. Entsetzt taumelte er zurück, die schwere Schaufel halb erhoben. Der Irre lächelte ihn seltsam an.

„Du willst nicht?", fragte der Typ erstaunt, bevor er wieder seinen Kopf in den Nacken schleuderte und wie wahnsinnig zu lachen begann.

Maik war, als müsse er jeden Moment heulen. Was sollte er bloß tun? Dann brach das Gelächter wieder ab und der Irre sah ihn wieder an.

„Keine Sorge, ich gehe jetzt. Du bist allein mit deiner Kuh." Er sprang auf der Stelle herum und richtete sich an die Kuh: „Er will, dass du leidest, Tier! Er ist wie sein Vater! Er ist ein schlechter Mensch!" Die letzten Worte donnerte er dem Tier aus Leibeskräften entgegen. Dann, ohne Maik noch mal anzugucken, rannte er aus dem Stall hinaus. Maik blieb unschlüssig stehen. Er konnte kaum glauben, was er soeben erlebt hatte. Nach einigen Sekunden setzte er sich aber doch in Bewegung und folgte erheblich verspätet dem Fremden. Auf dem Hof war aber keine Spur mehr von ihm. Ängstlich huschte er unter den Schreien von Schwate zum Wohnhaus. Er glaubte nicht, dass der Irre so einfach aufgeben würde. Sicherlich hatte er sich irgendwo im Haus versteckt, um ihm auflauern zu können. Vorsichtig schlich Maik ins Haus. Alles war so, wie er es verlassen hatte, nichts deutete darauf hin, dass dieser Spinner sich hier aufhielt. Und doch machte die Ordnung einen trügerischen Eindruck. Er erwartete jeden Moment, dieses grausame Lachen zu hören. Doch nichts geschah. Langsam schlich sich Maik zum Flur. Gebannt lauschte er, aber außer den regelmäßigen Schreien der Kuh im Stall, hörte er nichts. Trotzdem schloss er als Erstes die Tür zum Keller. Hastig fummelte er am Schlüssel, um den Zugang zu verriegeln, bevor etwas noch die Möglichkeit hatte, hinauszukommen. So würde er mit allen Türen des Hauses verfahren, deren Zimmer er nicht würde betreten müssen, dachte Maik. Aber zuvor würde er noch ... eilig huschte er die Treppen zum Obergeschoss hinauf. Angespannt sah er sich um. Nichts schien verdächtig. Leise glitt er zum Schlafzimmer seines Vaters. Maik wusste, dass sein Vater im Nachtschrank eine Waffe hatte. Die hatte er sich vor langer Zeit gekauft, als ihn mal ein verrückter Städter bedrängt hatte, der unbedingt die Rezeptur für die Butter haben wollte. An den Vorfall selbst konnte sich Maik nicht erinnern, er war damals vier gewesen. Aber sein Vater hatte die Geschichte oft genug zum Besten gegeben. Knarrend öffnete er die Tür und betätigte den Lichtschalter noch, bevor er ganz im Raum stand. Aufgeregt durchwühlte Maik die Schubladen des Nachttisches, doch er konnte nichts finden. Lediglich frische Socken waren dort zu finden, die sein Vater immer sorgfältig einrollte. Maik wandte sich zum Kleiderschrank. Wenn nicht bei den Socken, dann vielleicht bei den Schuhen, dachte er sich. Hastig riss er die erste Türe auf und schob die hängenden Kleidungsstücke beiseite. Ganz hinten befanden sich die Schuhe, die sein Vater so gut wie nie anzog. Maik schnappte sich ein paar Stiefel und tatsächlich waren diese deutlich schwerer als sie gewöhnlich hätten sein dürfen. Erleichtert griffe er hinein und holte die schwarze Pistole hervor, von der sein Vater immer erzählt hatte. Achtlos ließ er die Stiefel fallen und verließ das Zimmer. Einen Moment blieb er im Flur stehen und lauschte. Doch es herrschte vollkommene Ruhe. Selbst Schwate schrie nicht mehr. Maik überlegte, ob er den Tierarzt anrufen solle. Vielleicht auch die Polizei? Immer noch wachsam, aber nun mit eindeutig sicherem Gefühl schritt er wieder die Treppe hinunter. Stille. Hellhörig begab er sich wieder zur Hintertüre. Vielleicht war der Irre ja wirklich gegangen, hoffte Maik. Und vielleicht, noch unwahrscheinlicher, hatte er die Kuh wieder mitgenommen. Das würde zumindest die Stille erklären. Es war kein einziger Laut zu hören, nicht mal das geringste Geräusch. Fast wünschte sich Maik, dass die Kuh wieder schreien würde. Sein T-Shirt schien am Hals unbehaglich enger zu werden. Mit der Pistole in der Hand trat er schließlich nach draußen. Ein seichter Wind empfing ihn, zeigte ihm, dass dies nicht gänzlich unwirklich war. Das Tor zum Stall stand noch immer weit auf und war nun nichts mehr, als ein schwarzes Loch in der Nacht. Wieder der Gedanke, dass er besser telefonieren sollte. Jetzt wahrscheinlich nicht mehr den Tierarzt, sondern wirklich die Polizei. Etwas hielt ihn aber davon ab. Sein Vater würde eh schon ausrasten, wenn er ihm diese Geschichte erzählen musste. Polizei, hörte er seinen Vater in Gedanken, ist immer eine schlechte Werbung. Deshalb hatte er auch damals nicht Hilfe gerufen, sondern den aufdringlichen Städter allein in die Flucht geschlagen mit seinen kräftigen Fäusten.

Plötzlich vernahm er ein leises Röcheln. Maik stand nun wieder gleich am Eingang zum Stall. Die Kuh stand nicht mehr. Schwach konnte er ein großes Etwas am Boden erkennen. Es war zu dunkel, um Genaues sehen zu können. Dann ein langgezogenes Atmen. Eisig lief es Maik den Rücken hinunter. Diese Geräusche klangen nicht nach einem Tier, zumindest nicht nach einem gesunden. Unerwartet ertönte ein Husten. Es kam aus der Richtung, wo Schwate wohl auf dem Boden lag. Erst jetzt nahm Maik auch das ängstliche Muhen der anderen Kühe war. Rasch schritt er auf den ersten Pfeiler zu und betätigte endlich den Lichtschalter. Die Deckenleuchten sprangen mit einem Surren an. Hastig sah er sich um. Aber von dem Irren war nichts zu sehen. Wieder das Röcheln. Die Pistole eisern in der Hand ging Maik auf die Ställe zu. Immer mehr vom Fell der Kuh war zu sehen. Schwate lag bewegungslos auf dem Heuboden. Sie bewegte sich nicht. Auch ihr Bauch wölbte sich nicht durch die Atmung. Aber das hauchige Rasseln war immer noch zu hören. Maik trat näher. Hinter der Kuh lag etwas im Stroh. Es war blutig. Das Junge, es lebt, fuhr es Maik durch den Kopf und mit einem Satz war er bei Schwate. Ohne zu überlegen hockte er sich gleich neben das frischgeborene Bündel. Eine Menge Blut war ins Stroh gesickert und ein bläulicher Hautbeutel lag neben dem völlig verschleimten Etwas. Die Nabelschnur war nicht durchtrennt und spannte sich zwischen Muttertier und Kalb. Das Röcheln holte Maik aus seiner Starre des Entsetzens und der Hilflosigkeit zurück. Er brauchte Decken, um das Junge sauber zu machen, und Wasser und er würde die Nabelschnur durchtrennen müssen. Auch musste er sich um Schwate selbst kümmern, obwohl er da wenig Hoffnung hatte. Die Kuh lag noch immer völlig regungslos am Boden. Und gerade als er sich aufmachen wollte, wälzte das Bündel sich zur Seite und gab einen markerschütternden Aufschrei von sich. Maik stieß sich ebenfalls schreiend von der Geburt fort. Unter dem Schleim und blutigem Gewebe sah er auf ein Wesen, das ganz eindeutig menschliche als auch animalische Züge hatte. Die Augen des Wesens waren keineswegs Kuhaugen, wie man sie bei einem Kalb erwartet hätte, sondern waren diejenigen seines Vaters. Auch die Nase, wenn auch erheblich breiter und missgestaltet, waren menschlich. Und der Schrei, der nicht aufhören wollte, stammte unzweifelhaft von einem Säugling. Ein kleines Händchen presste sich von innen gegen fast durchsichtiges Gewebe und wollte heraus.

Maik strampelte sich durch das Heu nach draußen. Sein Kopf schien ihm platzen zu wollen und er merkte kaum, dass aus seinem Hals immer wieder Laute drangen. Dann wurde er endlich unsanft von einem Pfeiler gestoppt. Neben ihm ertönte das fiese Lachen wieder. Panisch suchte Maik nach der Pistole. Er musste sie im Stall verloren haben.

„Da siehst du!", brüllte der Irre vor Lachen und breitete die Arme aus wie ein Priester bei der Absolution. „Da siehst du!"

Der Irre stand gleich im Eingang. Maik war kaum auf den Beinen, als er auch schon zurück zur Ställe lief, um nach der Waffe zu suchen.

„Du bist ein schlechter Mensch, Maik!", kreischte der Wahnsinnige und lachte dabei langatmig.

Mit vor Angst strampelnden Beinen suchte Maik nach der Pistole. Das Kalb, das wie ein halber Mensch aussah, atmete laut und beschwerlich, bewegte sich nun aber nicht mehr.

„Was ist?", brüllte der Fremde, während er auf den Stall zu lief. „Gefällt dir dein Brüderchen nicht?"

Da sah Maik endlich das Schießeisen im Stroh. Vollkommen aus dem Reflex griff er danach und zielte auf den wahnsinnigen Mann, der nun genau vor der Stelle stand.

„Bring es um! Es darf nicht leben!", hauchte er brüchig. Dann zerriss ein Knall die Szene. Der Irre fiel auf den Boden. Zitternd ließ Maik die Waffe sinken. Das Wesen hinter ihm versuchte sich wieder herumzuwälzen. Es gelang ihm nicht. Ein Winseln zwängte sich beschwerlich durch den behaarten Körper nach draußen. Maik zielte automatisch auf die seltsame Geburt und schoss. Fassungslos sank er in sich zusammen.

Nach fast einer Stunde rafft Maik sich schließlich mit schockgeweiteten Augen auf und trat wankend aus dem Stall. Vor ihm lag die schwarze Jacke des Mannes, aber von dem Typen selbst war keine Spur. Hektisch atmend sah sich Maik um. Er hatte dem Wahnsinnigen in die Brust geschossen. Kein Zweifel. Er hatte getroffen und der Kerl war zusammengebrochen. Nun lag an dieser Stelle nur eine Jacke. Maik hob sie zittrig auf. Ein Loch war im Rückenstoff des Kleidungsstücks. Dann sah er auf. Die verschossene Kugel hatte ein tiefes Loch in der Stallmauer hinterlassen. Ungläubig sah sich Maik noch mal um. Er würde den Revolver auf jeden Fall bei sich behalten. Für den Fall, dass der Irre noch mal wiederkehren sollte.

DIE KÜCHE

Tränenüberströmt stand sie vor ihm, konnte kaum etwas sagen. Kai war perplex. Sollte er diese Frau in den Arm nehmen und trösten? Er kannte sie kaum drei Monate. Sie hatten noch nie miteinander gesprochen, außer eben dieses knappe Hallo oder ein zaghaftes Kopfnicken. Ja, sie waren Nachbarn, aber deshalb waren sie sich dennoch so fremd, als wohnten sie in verschiedenen Städten. Eigentlich wusste Kai so gut wie gar nichts über sie. Sein ekelhafter Vormieter hatte ihm mit einer gehörigen Bierfahne mal zugehaucht, dass die Schlampe von nebenan Türke sei, aber nicht verheiratet, aber trotzdem ein Kind, wie es für Türken normal sei, tausend Kinder in Deutschland zu werfen, aber was für welche. Und das war allein die sicher deutlich unterbelichtete Meinung seines Vormieters. Von Fakten war das weit entfernt.

„Hast – hast du – Ali, mein Sohn ...", begann die Frau nun zu sprechen, immer wieder von Weinkrämpfen unterbrochen.

„Beruhigen Sie sich doch erst mal", versuchte Kai sie zu beruhigen. Instinktiv legte sich seine Hand sanft auf ihren Oberarm. Sie schluckte schwer, aber sie schien tatsächlich ruhiger zu werden.

„Ali, mein Sohn, er ist weg. Ich will fragen, ob du ihn gesehen hast." Ihr Gesicht war immer noch vor Schmerz verzerrt, aber das unkontrollierte Schluchzen hatte aufgehört.

„Ist er weggelaufen?", fragte Kai mitfühlend.

„Das glaube ich nicht. Ich kann das nicht glauben. Er ist ein lieber Junge."

Kai merkte, dass seine Nachbarin jemanden brauchte, mit dem sie sprechen konnte. Unbehaglich dachte er an das Chaos in seiner Wohnung. Aber es gab letztlich doch Wichtigeres, als eine ordentliche Bude, dachte er sich und gab sich einen Ruck.

„Kommen Sie doch erst mal rein, dann können wir in Ruhe über alles sprechen."

„Danke, das ist sehr lieb von dir." Nervös trat seine Nachbarin über die Türschwelle und begann augenblicklich, sich misstrauisch umzusehen. Kai schloss die Türe und führte seinen unerwarteten Besuch ins Wohnzimmer.

„Einen Moment bitte, ich mache kurz etwas Platz." Sein Gesicht wurde heiß, als er die Blicke der Frau sah. „Wissen sie, ich habe immer viel zu tun, und im Moment herrscht hier das totale Chaos. Ich hoffe es macht ihnen nichts." Hastig räumte er verstaubte Bücher und Notizen von der Couch. Auf dem Tisch stand fast sämtliches Geschirr, das er besaß.

„Tut mir leid, wenn ich dich..."

„Nein, nein, das geht schon", wehrte Kai ab und fühlte, dass sich seine Gesichtsfarbe um ein paar Nuancen verdunkelte. „Setzen sie sich nur."

Seine Nachbarin stieg über einen Wust von Zeitschriften und setzte sich schließlich. Sie schien unangenehm berührt.

„Möchten sie etwas trinken?"

„Nein, danke. Mach dir keine Umstände." Sie sah ihn mit einem gezwungenen Lächeln an.

„Ich habe zurzeit keine Küche, also kann ich Ihnen nicht viel anbieten", begann Kai trotzdem. „Ich habe Wasser und Orangensaft, beides Zimmertemperatur, wenn's Ihnen nichts ausmacht." Er überlegte kurz. „Kaffee könnte ich auch machen, ich muss nur die Kaffeemaschine vorher suchen."

„Nein, nein, danke." Sie lächelte jetzt ehrlicher. „Warum hast du keine Küche?"

„Ach, das ist eine endlose Geschichte." Kai wurde bei der Erinnerung daran schlecht. Es war ja nicht so, dass er keine Küche besaß, natürlich hatte er eine Küche. Sie stand vier Stockwerke unter ihm in der Waschküche. Und das bereits seit einem Monat.

„Ich habe die Küche von meiner Tante gekauft", fügte er nach kurzem Schweigen an. „Sie funktioniert noch nicht richtig und deshalb steht sie erst mal für eine Weile im Keller."

„Im Keller? Wird doch alles schmutzig da!"

Dass die Küche nicht wirklich funktionierte, war natürlich komplett gelogen. Das gute Stück fristete dort lediglich aus seinem Trotz sein Dasein, weil er sie seiner Tante für viel zu viel Geld abgekauft hatte. Angeblich sollte alles gut in Schuss sein. Weit gefehlt. Aber dass es in der Waschküche schmutzig war, das konnte er nur unterschreiben. In diesem Haus schien niemand dort saubermachen zu wollen. Wahrscheinlich ging auch niemand jemals dort hinunter. Das würde erklären, weshalb auch noch keiner die Küche geklaut hatte. Ja, das wäre eigentlich ein schöner Gedanke, wenn er diese Erinnerung nur endlich los wäre.

„Die Küche war eh schon schmutzig, als ich sie bekommen habe. Da macht es nichts, wenn noch ein wenig mehr dazu kommt. Ich muss sowieso einmal gründlich sauber machen, wenn ich sie endlich hier hochstellen kann."

Seine Nachbarin nickte stumm. Zumindest war das jetzt nicht gelogen. Seine Tante hatte ihm die Küche in einem saumiserablen Zustand übergeben. „Natürlich mache ich dann auch alles sauber, dann sieht's aus wie neu", hörte er ihre Stimme in Gedanken. Dieser ganze Küchentausch war von Anfang an eine Katastrophe gewesen. Seine Tante war mal wieder im Inbegriff, ihre Wohnung zu wechseln – nach sicher schon zehn Umzügen allein in den letzten zwei Jahren. Und weil sie mal wieder zu einem ihrer Typen ziehen wollte, der selbst schon eine Küche hatte, war es ja nur eine kurze Überlegung, bis man auf die grandiose Lösung kam: Kai würde seine eigene Küche an die beste Freundin seiner Tante verkaufen, die ihrerseits gerade auch umgezogen war, und dann natürlich die besagte Küche aus der eigenen Familie übernehmen. Gegen Bargeld versteht sich. Die Preise waren auch sehr schnell ausgehandelt. Kais mickrige Küche vom ekligen Vormieter brachte es in seiner eigenen Wertschätzung auf zweihundert Mark – da Währungswechsel vollzogen wurde, also hundert Euro. Die Küche seiner Tante war nach ihren Angaben dann noch fünfhundert Mark wert (sprich zweihundertfünfzig Euro). Also abgemacht, der Deal galt. Seine Tante trug die Informationen an ihre beste Freundin weiter und auch die war einverstanden. Leider hatte Kai nicht bedacht, dass ältere Menschen so ihre Schwierigkeiten mit Euro und Mark und Währung überhaupt haben, gerade wenn die eine durch eine andere ersetzt wird. Folglich kostete seine eigene Küche am Tag des Tausches nur noch hundert Mark anstatt Euro – ein Verlust von fünfzig Prozent. Aber da seine Küche vom Vormieter nun wirklich nicht mehr die Schönste war, willigte Kai ohne Murren ein. Sie fuhren das alte Schätzchen weg, um danach die Küche seiner Tante zu holen. Und dann kam die Überraschung. Seine Tante hatte fast die gleiche Küche, nur eben nicht ganz so alt. Dafür hatte diese Küche aber durch über zehn Umzüge dermaßen gelitten, dass die Qualität bestenfalls gleichwertig mit seiner alten Küche war. Zuzüglich der Mängel, die dann kurz vorher noch kleinlaut angekündigt worden waren: Herd funktioniert nicht ganz richtig auf der linken Platte hinten, aber die benutzt ja eh keiner, sie Spüle ist ein wenig beulig, aber das sieht man eh nicht, wenn da was drin steht, die Dunstabzugshaube hängt etwas schräg, weil Halterung defekt. In diesem Moment stand für Kai eindeutig fest, dass diese Küche ihren Preis auf keinen Fall wert war. Doch seine Tante konnte das nicht einsehen. „Du willst doch nicht behaupten, dass ich dir hier Schrott anbiete, oder?", fragte sie mit einer Mischung aus Enttäuschung und Wehmut. „Das Schätzchen hat mir gute Dienste geleistet und wird es ebenso für dich tun, Neffe!" Kai schwieg. Bis dann eine weitere Fehlkalkulation neue Streitigkeiten aufbrachte. Plötzlich forderte seine Tante anstatt der fünfhundert Mark selbigen Betrag in Euro – also gut das Doppelte. Das sprengte dann Kais Geduld. Wütend ließ er die Küche in seinen Keller verfrachten und zahlte das verlangte Geld aus. Er hatte keine Lust auf einen Familienstreit gehabt. Jetzt im Nachhinein überlegte er sich des Öfteren, ob es letztlich nicht besser gewesen wäre, wenn er diesen Kampf ausgefochten hätte. Natürlich strafte er seine Tante seit diesem Vorfall mit Nichtachtung, er wollte von der alten Schlampe nichts mehr wissen, doch seine Wut war immer noch da, auch nach über einem Monat.

„Du guckst böse." Die Stimme seiner Nachbarin riss ihn wieder in die Gegenwart.

„Oh, Entschuldigung. Ich werde uns sofort Kaffee holen", versuchte Kai von seiner geistigen Abwesenheit abzulenken.

„Nein, ist schon gut, ich gehe jetzt wieder", sagte sie verwirrt. Kai bemerkte den ängstlichen Tonfall in ihrer Stimme. Ganz offensichtlich hatte sie ihn während seines Tagtraumes beobachtet. Vielleicht hatte sie ihn sogar angesprochen und er hatte nicht auf sie reagiert.

„Es tut mir leid, wenn ich …"

„Nein, nein, kein Problem. Ich muss jetzt leider aber gehen." In ihrer Stimme schwang eindeutig Angst mit. Kai schämte sich für sein Verhalten. Seine Nachbarin musste ihn für einen Psychopathen halten.

Erst als die Frau wieder aus seiner Wohnung heraus war, atmete sie sichtlich auf. Mit einem gezwungenen Lächeln drehte sie sich noch mal zu ihm um und bedankte sich.

„Ach, wofür denn? Sie haben ja nicht mal etwas zu Trinken bekommen."

„Am besten du holst deine Küche hoch", murmelte sie noch unsicher, bevor sie sich wieder in ihre eigene Wohnung begab.

Langsam schloss Kai seine Türe. Das Verhalten der Frau beunruhigte ihn zutiefst. Hatte er etwas zu ihr gesagt? Hatte er sie mit etwas verstimmt? Er schüttelte den Kopf und ging wieder in sein Wohnzimmer. Vor ihm auf dem Couchtisch standen schmutzige Gläser und Teller von einem gesamten Monat. Wie oft hatte er in dieser Zeit gehört, dass er doch vernünftig werden solle, dass er doch endlich die Küche hochbringen und einbauen müsse.

Sein Vater hatte ihm mehrfach Hilfe angeboten, seine Mutter wollte ihn immer wieder überzeugen: „So schlimm kann die Küche doch nicht sein!" Vielleicht hatten sie ja alle recht. Berührt hatte ihn allerdings nur die geflüsterte Aufforderung seiner türkischen Nachbarin. Sie hatte es in einem äußerst seltsamen Tonfall gesagt. Und in der Tat, er war es satt, immer nur diese Fertigsuppen zu löffeln, denen er lediglich heißes Wasser aus dem Wasserkocher zuführen musste. Er sehnte sich nach einem wirklich kalten Getränk in diesen heißen Tagen. Ja, den Kühlschrank vermisste er am meisten. Aber hätte er dann nicht die ganzen Wochen umsonst aus Trotz verzichtet, wenn er nun plötzlich doch diese beschissene Küche in sein Heim ließ? Andererseits, überlegte er sich, diente es niemandem, wenn er das gute Stück dort unten gänzlich vergammeln ließ. Seine Tante jedenfalls freute sich bestimmt immer noch über ihren grandiosen Gewinn, weshalb sollte er weiterhin für sie leiden. Am liebsten würde er sie jetzt gleich anrufen und beschimpfen. Doch Kai unterdrückte seine Rachegelüste. Er hatte sich endlich entschieden. Zum Teufel, ja, er würde sich jetzt um diese beschissene Küche kümmern.

In diesem Moment klingelte es wieder an seiner Tür. Diesmal schaute er vor dem Öffnen durch den Spion. Es war ein Polizist.

„Guten Tag, Wachtmeister Krüger, ich hoffe ich störe sie nicht gerade", begrüßte ihn der Mann in Grün freundlich.

„Nein, kein Problem", antwortete Kai unsicher. Was wollen sie denn?"

Der Polizist räusperte sich kurz. Hinter ihm ging plötzlich die Nachbarswohnung auf und ein zweiter Polizist trat auf den Flur. Die Türkin erneut aufgelöst weinend, schloss sogleich wieder die Tür.

„Sie haben sicherlich schon gehört, dass der Junge ihrer Nachbarin verschwunden ist?" Die Stimme des Wachtmeisters war immer noch freundlich, aber enthielt nun einen ersten Unterton. Sein Kollege stand schräg hinter ihm, so als wolle er umgehend eingreifen, sollte etwas passieren. Kai war eingeschüchtert. Was sollte den passieren?

„Haben sie nun etwas von dem Verschwinden gehört?", fragte der Mann abermals, nun deutlich fordernder.

„Ja, habe ich", antwortete Kai endlich. „Sie ist vorhin zu mir gekommen und hat mich gefragt, ob ich ihren Sohn gesehen hätte."

„Und? Haben sie?"

„Nein. Ich kenne meinen Nachbarn kaum. Bin erst vor gut drei Monaten …"

„Ich will nicht wissen, ob sie ihre Nachbarn kennen", warf der Wachtmeister forsch dazwischen. „Haben sie den Jungen gesehen?"

„Ja, natürlich habe ich den Jungen gesehen. Das letzte Mal aber sicher vor über einer Woche."

„Wann war das genau?"

„Ich weiß es nicht mehr wirklich. Er kam wohl von der Schule nach Hause. Mittwoch?" Kai fühlte sich äußerst seltsam. Es war fast, als führten die beiden ein Verhör mit ihm – der eine harsch fragend, der andere finster dreinschauend.

„Danach haben sie das Kind nicht noch mal gesehen?"

„Nein, ich glaube nicht."

„Hören sie, fürs Glauben ist die Kirche zuständig. Wir wollen nur wissen. Haben sie den Jungen danach noch gesehen. Diese Woche vielleicht?"

„Nein, ganz bestimmt nicht!" Nun wurde auch Kais Tonfall schärfer. Mit einem Mal war ihm der Herr Polizeimann unglaublich unsympathisch. „Ich kann ja verstehen, dass sie ihre Arbeit machen müssen, dass sie Fragen stellen müssen, aber ich habe kein Verständnis ..."

„Sind sie schwul?"

Kai sah den Wachtmeister entgeistert an. Dann sickerte endlich die Unverschämtheit dieser Frage durch und er knallte ohne ein weiteres Wort die Tür zu. Die beiden Polizisten standen noch eine Weile im Flur, offensichtlich unschlüssig, was sie nun tun sollten. Sollen sie doch einen Durchsuchungsbefehl holen, dachte Kai verärgert, trat schließlich vom Spion zurück, durch den er die beiden noch eine Weile beobachtet hatte, und begab sich ins Schlafzimmer. Er war verwirrt. Weshalb stellte die Polizei ihm solche Fragen? Dachten sie etwa, er wäre ein psychopathischer Massenmörder? Ein Sexualstraftäter, der es auf kleine Jungs abgesehen hatte? Kai schüttelte wütend den Kopf. Nein, er wollte sich mit dieser Geschichte nicht beschäftigen. Seine Nachbarin war ganz offensichtlich eine seltsame Frau. Bestimmt hatte sie die beiden Polizisten auf ihn gehetzt. Dabei hatte er sie freundlich in seine dreckige Wohnung gelassen. War vielleicht etwa die Unordnung der Auslöser gewesen? Hatte sie deswegen so misstrauisch reagiert. Aber wegen einer chaotischen Wohnung war man doch nicht gleich ein Mörder oder Kinderschänder. Zumal er ja nicht mal genau wusste, wie der Junge aussah, schließlich hatte er ihn erst zwei oder drei Mal gesehen. Unerwartet hatte er dann aber doch ein ziemlich genaues Bild von Ali vor sich. Ein kleiner, schmächtiger Junge mit kurzen, schwarzen Locken. Sicherlich kaum zehn Jahre alt. Nein, es tat ihm zwar leid, dass der Balg seiner Mutter davon gelaufen ist (daran glaubte er fest), aber er würde sich keine Gedanken um diese Geschichte machen. Er hatte genug Probleme. Zum Beispiel die Geldsorgen, weil er seiner Tante fünfhundert Euro geschenkt hatte, dachte er wütend.

Entschlossen setzte er sich auf sein Bett und tauschte die grünen Badeschlappen gegen feste Turnschuhe. Ja, er würde die Küche nun endlich hochholen. Der Gedanke an kalten Orangensaft, oder gar Eis, war zu verlockend. Zumindest würde er den Kühlschrank herauf schleppen, um wenigstens diesen Luxus wieder zu haben. Tatendurstig sprang er auf und trabte zur Tür. Einen Moment verweilte er, um sicherzugehen, dass die beiden Grünen nicht noch im Treppenhaus umhergeisterten. Es war alles still. Eilig trat er in den Flur hinaus und sprang die Treppen hinunter. In seinem Kopf tummelten sich Gedanken an Polizisten, die ihm unerhörte Fragen stellten, an Nachbarinnen, die Söhne verloren hatten und ihn beschuldigten, an Tanten, die ihre eigenen Neffen betrogen. Bei jeder einzelnen Vorstellung krampfte sich vor Wut sein Magen zusammen. Noch während er die Treppen hinabsprang, schwor er sich, dass er auf der Wache anrufen und sich beschweren würde, dass er seine verrückte Nachbarin zur Rede stellen würde, und dass er zu guter Letzt seine Tante ein paar Mal mitten in der Nacht anrufen und zur Rache aus dem Bett klingeln würde. Ja, das würde er alles machen. Und damit seine Wut nun auch vernünftig eingesetzt würde, würde er als Erstes diese verdammte Küchenzeile Stück für Stück säubern und in seine Wohnung schleppen. Für die zu großen und zu schweren Teile würde er dann seinen Vater um Hilfe bitten müssen. Aber den Großteil … er war gerade auf Parterre angekommen, als sich ein Stockwerk über ihm eine Haustüre öffnete. Er hörte die Stimme des Polizeiwachtmeisters von zuvor. Eilig schlich er sich in den Keller hinab. Das hatte ihm nun wirklich noch gefehlt, wenn die beiden ihn hier unten in der dreckigen Waschküche antreffen würden, umgeben von Küchenteilen, die genauso schäbig aussahen, wie … Kai blieb sprachlos stehen. Völlig in seinen Gedanken versunken hatte er das Licht eingeschaltet und sah sich nun einem vollkommen sauberen Kellerraum gegenüber. Das war unglaublich! Als er hier eingezogen war, hatte man ihm gesagt, dass der Waschraum sicherlich schon seit fünf Jahren nicht mehr gereinigt worden sei. Und dementsprechend hatte es hier auch immer ausgesehen – bis jetzt. Die Wände waren zwar nicht weiß, sondern hatten noch immer die schwarzen Flecken und

Streifen, doch die zahllosen, meterlangen Spinnweben waren allesamt verschwunden. Der Boden war gefegt und nichts war mehr von den Kellerasseln und Laubblättern zu sehen. Seine Küche stand noch fast so, wie er sie zurückgelassen hatte. Der große Turm für den Kühlschrank mitsamt Brotschrank darüber lag noch immer auf dem Boden, weil die Decke zu niedrig war, um das Ungetüm hier aufrecht zu deponieren. Die kleinen Schrankstücke waren darauf gestapelt. Der Einbauherd stand mit der Ofenklappe zur Wand daneben. Die Arbeitsplatte mitsamt Herdplatten und Spüle lehnte gegen die andere Wand rechts von ihm. Und links gegenüber stand das Objekt der Begierde: das weiße Kühlgerät, ebenfalls mit der Öffnung zur Wand.

Kai trat näher und sah sich um. Nein, man hatte sich nicht die Mühe gemacht, hinter der Küche sauber zu machen. Das war dann doch ein wenig zu viel Aufwand gewesen. Aber der Kühlschrank war eindeutig bewegt worden. Kai sah es an den Schiebespuren am Boden. Vielleicht hatte er im Weg gestanden. Das Kabel lag allerdings wild am Boden. Und dann sah Kai, dass die Kühlschranktür geschlossen war. Er hatte damals extra das Kabelende in das Innere gesteckt, damit der Innenraum eben nicht ganz verschlossen würde. Seine Mutter hatte ihm gesagt, dass sich andernfalls ein übler

Geruch bilden würde, den man nur schwerlich wieder entfernen könne. Jetzt allerdings war der Kühlraum geschlossen, wer weiß wie lange schon. Kau seufzte. Im Grunde hatte er genau in diesem Moment wieder das Bedürfnis, einfach alles stehen zu lassen und sich in seiner Bude oben vor den Fernseher zu setzen. Das wäre sicherlich mit weniger Arbeit und Ärger verbunden. Doch er hatte sich schließlich kalten O-Saft versprochen, und Eis. Schwer ausatmend beugte er sich über den Kasten und versuchte ihn zu packen. Verwundert stellte er aber fest, dass er den Kühlschrank lediglich ankippen konnte. Das konnte doch nicht sein, er hatte das Gerät eigenhändig hier hergetragen, es war also keinesfalls zu schwer für ihn. Irritiert kippte er den Kühlschrank und zog ihn unter Anstrengung von der Wand fort. Das Gewicht war beträchtlich. Jetzt wusste er auch, weshalb sich Schrammen auf dem Kellerboden befanden. Jemand musste etwas in den Kühltrakt gesteckt haben. Ein Kitzeln durchzog seinen Körper, sodass er sich schütteln musste. Etwas stimmte nicht. Gänsehaut breitete sich auf seinen Armen aus, als er die Kühlschranktüre vorsichtig berührte. Dann sog er sie kräftig auf. Ein Schmatzen ertönte von der Isolierung und sogleich stieß ein übelkeiterregender Gestank auf. Flüssigkeit lief aus dem Innenraum, aber Kai hatte noch nicht hineingesehen. Er war sich auch nicht sicher, ob er es überhaupt wollte. Der Geruch biss ihm in die Nase und ließ seinen Magen rebellieren. Langsam trat er um den Kühlschrank herum und sah aus zwei Meter Entfernung das eingefallene Gesicht des Jungen, das zwischen dessen eingefalteten Beinen fast bis auf die blauweißen Füße hing. Nun erbrach er sich endlich auf den gesäuberten Kellerboden, versuchte dabei zu schreien, spukte weiterhin Verdautes. Taumelnd erreichte er die Tür, noch immer würgend. Der Wachtmeister und sein Kollege betraten gerade das Erdgeschoss.

DER KÜHLSCHRANK

„So, da wären wir." Die Frau von der Wohnungsgenossenschaft war völlig außer Atem. „Diese ganzen verdammten Stufen. Na, Sie sind ja wenigstens noch jung, da können sie auf einen Aufzug verzichten. Aber ich sage ihnen eins: Ich bin froh, dass ich selbst im Erdgeschoss wohne." Sie stieß die Türe auf und trat ein.

Die Wohnung selbst war gut aufgeteilt. Zwei Zimmer, Küche, Diele, Bad und ein kleiner Abstellraum. Perfekt.

„Und sie kommen vom Land, haben sie gesagt?", fragte die Frau neugierig.

„Ja, bei Münster, ein kleines Dorf."

„Und weshalb ziehen sie um Himmels willen in die Stadt?"

Sven schwieg.

„Städte sind das Letzte, das sage ich ihnen", fügte sie nach einem Augenblick an. „Wenn ich die Möglichkeit hätte ..."

„Was ist eigentlich mit dem Vormieter?", unterbrach Sven den Redefluss seiner Gesprächspartnerin.

„Untersuchungshaft, soviel ich weiß. Wissen sie, in der Stadt läuft nicht alles so glatt wie in ländlichen Gebieten. Hier gibt es Kriminalität, hier gibt es Mord, hier gibt es ..."

„In der Anzeige stand etwas von Möbelübernahme." Sven sah sich um. Die Wohnung war so gut wie leer. Lediglich die schmutzigen Teppiche und eine schäbige Küchenzeile befanden sich in den Räumlichkeiten.

„Ach Gottchen, ja. Soweit ich weiß, übernimmt der Vater des Vormieters diese Angelegenheiten. Ich habe ihn auch zu diesem Termin eingeladen." Mürrisch sah sie auf die Uhr. „In der Stadt ist man nicht besonders pünktlich, wissen Sie. Die Bahnen fahren wann sie wollen und die Menschen stehen stundenlang im Stau. Pünktlichkeit ist da fast ein Wunder."

Genau in diesem Moment klingelte es. Die Dame von der Genossenschaft betätigte den Öffner. Eine halbe Minute später stand ein bulliger Herr von vielleicht fünfundvierzig im Türrahmen.

„Guten Tag zusammen." Seine Stimme, ein vortrefflicher Bariton, dröhnte durch den Hausflur.

„Guten Tag", antwortete die Frau knapp. Sie schien ganz offensichtlich trotz der städtischen Gegebenheiten Unpünktlichkeit nicht zu schätzen.

„Wagner mein Name, ich bin der Vater des Vormieters." Der Mann reichte Sven die Hand.

„Sven Schade", entgegnete Sven höflich und ergriff die Hand.

„Mein Name ist Pasche, so, jetzt wissen wir bescheid", unterbrach die Frau von der Genossenschaft. „Leider ist die Zeit ja schon etwas knapp geworden. So wie es aussieht, müssen sie sich wohl nur noch um die Übernahme der Möbel absprechen." Hastig wand sie sich an Sven: „Sie wollen doch die Wohnung, oder?"

Unbehaglich wurde Sven bewusst, dass er sich die Wohnung noch gar nicht genau angesehen hatte. Eigentlich hatte er erwartet, dass unter Möbelübernahme eine halbwegs eingerichtete Wohnung zu verstehen sei. Aber das waren vielleicht wieder Spitzfindigkeiten, die in Städten üblich waren. Und im Grunde blieb ihm gar keine Wahl. Er brauchte diese Wohnung. Zaghaft nickte er Frau Pasche zu.

„Wunderbar", rief sie. „Ich mache sofort die Papiere fertig. Und sie beiden können sich derweil einigen." Sie verschwand in die Küche, um dort auf der dreckigen Anrichte die Verträge zu sortieren.

„Ähm, was haben Sie sich den vorgestellt?", fragte Sven schüchtern. Der Mann zog fragend eine Braue hoch. Sven ergänzte: „Vom Preis, die Übernahme."

„Ach das meinen Sie!" Das Gelächter des Mannes donnerte durch die gesamte Wohnung. „Na, mein Sohn sagte, ich solle versuchen fünfhundert Euro lockerzumachen."

Sven riss entsetzt die Augen auf.

„Also diese Einrichtung hier ist nicht mal fünfzig wert, das sag ich ihnen aber", ertönte es pikiert aus der Küche. „Sagen Sie mal, junger Mann," Frau Pasch steckte ihren Kopf zum Flur hinein, „Können Sie sich den Unterhalt überhaupt leisten? Sie sehen aus, als müssten sie noch zur Schule gehen!"

Sven errötete heftig. „Ich, ich bekomme Vollwaisenrente. Und ich werde arbeiten gehen. Die Kaution kann ich ihnen sofort überweisen."

Die Genossenschaftsdame zog sich zufrieden wieder zurück.

„So, so, dann dürften die Fünfhundert ja nicht zu viel verlangt sein", röhrte Herr Wagner aus vollem Hals.

In der Tat hatte Sven eine Menge Geld zur Verfügung, seit er den Hof seines Vaters verkauft hatte.

Aber, er schaute sich noch mal um, in dieser Wohnung befand sich wirklich nichts, was annähernd diesen Wert hatte.

„Sind Sie sich sicher, dass ihr Sohn diese Summe haben möchte. Die Teppiche sind schmutzig. Ich müsste neue kaufen. Und die Küche ist nach Angabe von Frau..."

„Lassen Sie mich nu ja aus dem Spiel, Herzchen!", schrie Frau Pasche spitz. „Mich kümmert nicht, was wer für wen verlangt."

„Mein Sohn hat mich beauftragt, diese Wohnung nicht freizugeben, sofern die Konditionen nicht akzeptiert werden", brummte Herr Wagner.

„Ja, ihr Sohn kann das Geld sicherlich gut gebrauchen, da wo er jetzt ist", mischte sich Frau Pasche doch wieder ein.

Sven war verwirrt. „Ihr Sohn ist ..."

„Das geht Sie gar nichts an, wo mein Sohn ist", grollte der Herr. „Fünfhundert Euro, oder die Wohnung wird an jemand anderes vergeben."

Eingeschüchtert trat Sven in die Küche. Frau Pasche hatte die Papiere so weit ausgefüllt.

„Kleiner," flüsterte sie, „ich sage Dir, so eine Wohnung bekommst du zu diesem Preis nicht mehr angeboten. Der Schrott hier ist keine drei Cent wert, aber die Wohnung selbst ist optimal, zumal Sie wahrscheinlich Wohngeld bekommen werden."

Sven überlegte. Damit hatte sie wahrscheinlich recht. Sie kannte sich schließlich in der Stadt aus.

„Was ist jetzt? Sind Sie einverstanden?", brummte Herr Wagner in die Küche. „Ich habe nicht den ganzen Tag Zeit, und wenn sie nicht zusagen, dann wird's ein anderer tun."

„Ja, ich nehme die Wohnung", sagte Sven schnell. Wirklich sicher war er sich noch nicht, aber er würde eine eigene Wohnung haben, in der Stadt.

Frau Pasch ging mit ihm den Mietvertrag durch. Sven sah nur die etlichen Zahlen, die hier und da eingetragen wurden. Wirklich wohl fühlte er sich nicht, als er seine Unterschrift druntersetzte. Aber immerhin ging alles ziemlich flott. Er stellte einen Scheck für den Vater des inhaftierten Vormieters aus, Frau Pasch reichte ihm die Schlüssel und beide verabschiedeten sich. Herr Wagner grummelte etwas vor sich hin, dass entfernt klang wie: „Na da hat sich die Schlepperei ja doch noch ausgezahlt." Und auch die Frau von der Wohnungsgenossenschaft streckte schnell noch mal ihren Kopf zu ihm: „Achten Sie nicht auf die Nachbarn hier. Man erzählt gern Gruselmärchen. So sind die Leute in der Stadt, als wenn nicht schon genug los wäre." Dann war er allein.

Am liebsten hätte sich Sven jetzt in ein Bett fallen lassen. Er hatte eine Wohnung! Aber es gab keine Sitzmöglichkeit, kein Platz zum Schlafen. Und es würde noch Wochen dauern, bis er die Wohnung renoviert und nach seinem Geschmack eingerichtet haben würde. Aber vorerst würde seine Luftmatratze reichen. Er dachte an seinen ganzen Besitz, den er unten im Auto seines verstorbenen Vaters untergebracht hatte. Jetzt war er ganz auf sich selbst gestellt, fern ab jeglicher Verwandten und Bekannten. Erleichtert trat er in den Flur und stieg langsam die Treppe hinunter. Neugierig sah er auf die Türen seiner Nachbarn. Ihm fielen die Worte von Frau Pasch ein. Ganz sicher hatte sie übertrieben.

Unten am Wagen zog er einen von zwei Umzugskartons heraus, in denen sich lediglich Anziehsachen befanden. Neben Klamotten hatte er nur noch einen kleinen Fernseher, wenige Bücher und seine Papiere mitgenommen. Den Rest hatte er vollkommen seinen Verwandten überlassen. Für ihn bedeutete dies ein neues Leben. Nichts wollte er von früher bei sich haben. Sven überlegte, während er den ersten Karton hoch in seine Wohnung trug, ob er diesen Entschluss vielleicht später mal bereuen würde. Andere Menschen in seinem Alter wohnten meist noch zu Hause, und wenn nicht, wurden sie von ihren Eltern unterstützt. Er war nun völlig allein, er kannte niemanden in dieser Stadt. Erschöpft ließ er die Wäsche in seine Wohnung fallen. In der Tat, ein Aufzug wäre nicht schlecht, dachte Sven und schmunzelte. Als er wieder nach unten wollte, ging die Tür gegenüber seiner Wohnung auf und eine Frau schaute hinaus. Ihr Blick war stechend. Sven blieb augenblicklich stehen.

„Kann ich ihnen helfen?"

Die Frau sagte nichts, schaute ihn lediglich durchdringend an. Sven fröstelte. Der Gedanke, dass er seine Wohnung lieber nicht offen stehen lassen sollte, blitze kurz auf. Dann entschied er sich, dass es egal sei, da er eh noch keinen Besitz hatte. Nachdem er die Frau noch mal angesehen hatte, trabte er weiter die Stufen hinunter. Diese Frau Pasch hatte recht, in diesem Haus gab es seltsame Personen – oder in dieser Stadt.

In den zweiten Karton stopfte er noch die Bücher und seine Unterlagen. Vielleicht würde er schon bald studieren, da war es natürlich wichtig, wenn er sein Abiturzeugnis vorlegen konnte. Ächzend stellte er fest, dass der zweite Aufstieg mit schwererem Gepäck deutlich anstrengender war. Auf dem letzten Treppenabsatz musste er eine Pause einlegen. Er schwitzte. Einen Moment betrachtete er die Türe seiner seltsamen Nachbarin, dann hob er seine Habe schließlich wieder hoch und stellte den zweiten Karton zum Ersten. Wieder öffnete sich die Nachbarstür, als er sich umdrehte.

„Bist du neu hier?", blaffte ihn die Frau an.

Sven antwortete nicht, sondern sah das Weib nur verwundert an. Eine unangenehme Stille trat zwischen sie.

Dann brach die Frau die Ruhe wieder: „Ich kann Deutsche nicht leiden."

„Das ... das tut mir leid ...", brachte Sven verunsichert hervor.

„Du bist ein Nazischwein, richtig?" Die Stimme war voller Hass und Verachtung. Erst jetzt sah Sven seine Nachbarin richtig, weil sie sich traute, die Türe weiter zu öffnen. Sie war wahrscheinlich Türkin, trug aber kein Kopftuch.

„Tut mir leid", sagte Sven noch ein Mal, diesmal kräftiger. „Ich habe zu tun."

Die Frau antwortete nicht mehr und Sven holte den Fernseher aus dem Auto. Als er zum dritten Mal wieder hoch in seine Wohnung ging, blieb die Tür seiner seltsamen Nachbarin verschlossen. Sven war dafür sehr dankbar. Sofort kramte er die billige Luftmatratze aus dem Karton, in dem sich auch sein Duschzeug und die Handtücher befanden. Er wusste, dass er nach dem Baden sicher keine Lust haben würde, seine Schlafstätte aufzupusten, daher tat er es lieber jetzt. Draußen vor seinem Fenster fegte ein sanfter Wind durch die Blätter der Bäume. Die Frau von der Genossenschaft hatte recht: Eine solche Wohnung würde er so schnell nicht noch mal finden. Mitten in der Stadt, aber trotzdem ruhig gelegen und Bäume gleich vor der Tür.

In Gedanken ging er durch, was er sich alles würde anschaffen müssen. Am besten würde er gleich heute noch einkaufen, in diesem Supermarkt, den er auf seiner Fahrt hierhin gesehen hatte. Morgen dann zumindest einen gemütlichen Sessel, und er würde sich Betten anschauen. Wehmütig dachte er daran, dass er mit niemandem sprechen konnte. Ein Telefonanschluss würde sicher ein paar Tage brauchen. Und wen sollte er dann anrufen? Seine Freunde, die er verlassen hatte? Vielleicht würde er mit ihnen über seinen Vater reden. Aber eigentlich wusste er bereits, dass er das nicht machen würde. Er würde sich neue Freunde suchen müssen.

Schnell drückte Sven den Stopfen in die Matratze, bevor allzu viel Luft wieder ausweichen konnte. Dann warf er sein Bett ins Schlafzimmer – oder das, was erst noch sein Schlafzimmer werden sollte – und ging in die Küche. Die Schränke, die er dem Vormieter abgekauft hatte, waren staubig und zerschrammt. Hoffentlich funktioniert wenigstens der Kühlschrank, dachte Sven und zog die Türe auf. Lediglich die Holzverkleidung folgte seinem Griff. Der Vormieter hatte sich wohl nicht die Mühe gemacht, die Tür des Kühlgerätes sachgemäß mit dem Holzschrank zu verbinden. Sven öffnete mit der anderen Hand den eigentlichen Kühlschrank. Ein saugendes Geräusch gab den Blick in den Innenraum frei. Sogleich kam ein ekelhafter Gestank auf. Sven hielt sich die Hand vor die Nase. Die Ablageböden fehlten. Das bedeutete, dass er sich auch darum kümmern müsste, wenn er seine Lebensmittel nicht alle aufeinanderstapeln wollte. Und vorher müsste er alles natürlich gründlich abwaschen, damit dieser scheußliche Gestank sich verziehen konnte. Er seufzte. Fünfhundert Euro! Am besten, er würde gleich eine ganz neue Küche kaufen. Mit Nachdruck schloss er das Gerät wieder und ließ auch die Holztüre zufallen, als plötzlich ein Schlag von innen heraus ertönte. Sven fuhr zusammen. Sofort öffnete er das Gerät wieder und sah hinein. Da war nichts, wie zuvor. Lediglich die gelblichen Flecken auf dem weißen Kunststoffboden. Er schüttelte den Kopf und lächelte. Das muss etwas anderes gewesen sein. Vielleicht seine Nachbarin, die an die Wand geschlagen hatte, um ihn zu ärgern.

Wenigstens das Bad sah einigermaßen sauber aus. Sven spülte die Wanne gründlich mit heißem Wasser ab, bevor er den Stopfen in den Abfluss drückte. Dann legte er sich Handtücher und Duschzeug bereit. Draußen schien die Abendsonne und ließ das geribbelte Fensterglas glänzen, das als Sichtschutz im Bad verwendet worden war.

Als er fast eine Stunde später das Bad verließ, hatte er lediglich seine Badeschlappen an und ein großes Badetuch um den Körper gewickelt. Völlig zufrieden ging er ins Wohnzimmer und stellte sich dort ans Fenster. Draußen war es fast dunkel. Die Laternen waren bereits an. Er entschied, dass er hier oben im vierten Stock keine Gardinen aufhängen musste. Die angrenzenden Häuser lagen gerade so, dass niemand zu ihm hineingucken konnte. Er schlurfte in die Küche. Hier stand ein großer Baum zwischen diesem und dem nächsten Haus, der so vor Einblicken schützte. Sven ging bis ans Fenster. In den Händen hatte er zwei Wattestäbchen aus seinem Waschbeutel. Gedankenverloren begann er, seine Ohren zu säubern. Amüsiert erinnerte er sich an seine Kindheit. Seine Mutter hatte damals immer geschimpft, dass er sich die Ohrenstäbchen nicht zu weit in die Ohren stecken sollte. „Irgendwann wirst du taub!", hatte sie ihm immer gedroht. „Das ist nicht gut!" Sven lächelte, während er das Ohr wechselte. Und gerade als er das

Wattestäbchen in seinem linken Ohr hatte, ertönte wieder der Schlag aus dem Inneren des Kühlschranks. Diesmal aber so heftig, das die Türen aufflogen und Sven hart gegen den Kopf schlugen. Das Ohrenstäbchen wurde ihm mit Wucht in den Gehörgang getrieben. Etwas zerriss in seinem Kopf, ein unglaublicher Schmerz. Sven sank schreiend nieder. Seine Hand schützend auf dem linken Ohr, das nun heftig blutete. Im Kühlschrank rappelte etwas. Sven sah einen weißblauen Kinderfuß aus dem Inneren hervorbaumeln. Der Schmerz in seinem Kopf war unerträglich. Ein wildes Rauschen ertönte von überall. Nur mit dem rechten Ohr nahm er entfernt weitere Schlaggeräusche war. Dann sprang etwas aus seinem Kühlschrank. Es war ein schmächtiger Junge. Seine Haut schimmerte im dunklen Licht silbrig und seine Augen lagen tief in den Höhlen, blutunterlaufen. Gelbliche Flüssigkeit lief aus seinen Nasenlöchern und er grinste faulig. Dann wurde Sven bewusstlos.